KB076148

초혼

고은 시집

초혼

초판 1쇄 발행/2016년 10월 4일
초판 4쇄 발행/2017년 10월 31일

지은이/고은
펴낸이/강일우
책임편집/강영규
조판/박지현
펴낸곳/(주)창비
등록/1986년 8월 5일 제85호
주소/10881 경기도 파주시 회동길 184
전화/031-955-3333
팩시밀리/영업 031-955-3399 편집 031-955-3400
홈페이지/www.changbi.com
전자우편/lit@changbi.com

ⓒ 고은 2016
ISBN 978-89-364-2727-6 03810

초혼

고은
시집

招

魂

창비

제2부 · 장편 굿시 ___

제1부

최근

구글 알파고에게 없는 것
그것이 나에게 있다

슬픔 그리고 마음

집에 돌아와 신발을 벗고 뉘우친다
내 슬픔은 얼마나 슬픔인가
내 마음은
얼마나 몹쓸 마음 아닌가

등불을 껐다

만년

몇번쯤은 천년의 성벽이 무너진 듯 극명할 것

이렇게
오끼나와로 비바람 치는 날에는
이렇게
사무치게
못 사무치게 비바람 치는 날에는
그냥 팔다리 늘어뜨려
느런히 느런히 누워버린 내가 밉다

이렇게
개마고원으로 눈보라 치는 날에는
이렇게
아프게
아픈 줄도 모르게 눈보라 치는 날에는
심사숙고라든가
삼매라든가
그런 갖가지 핑계로

한나절이나 반나절 내내 주저앉은 내가 아주 밉다

나 대신
누가 책을 던지는가
쨍그랑
누가 술잔을 던지는가
나 대신
누가 누대의 권력을 빈 잔으로 내던지는가

늦었다
벼랑으로 솟구쳐
저놈의 비바람 속에 서야겠다
저놈의 눈보라 속 두 다리 부들부들 떨리는 썩은 분노로
기어이 기어이 달려가야겠다

남은 세상
이렇게 비바람 쳐
이렇게 눈보라 쳐

어쩌자고 다 뚝 그친 밤
히말라야 상공 팔천개 별빛의 무지몽매로
눈 감아야겠다

그뒤에야 미풍이거나 나비의 요절이거나 말거나

첫 대면

아직껏
뒷산자락 으스스할 때
앞산자락 빈 밭머리로
올해의 뱀 처음으로 납시었다
내가 흠칠
뱀도 흠칠
똬리 튼 것 풀어서 부랴사랴 어디로 가버린다

한 자락 바람 도로 가버린다

어디 이뿐이더냐
뜨락의 작은 못 기슭 뒤늦은 개구리
내 인기척에 오싹
저쪽으로 뛰어가버린다

종일 나는 세상의 타인이었다 서글펐다

그 시절

전선은 물속 해파리로 형세가 바뀌어갔다
북위 38도 이남 대부분을 차지하다가
그 이북의 대부분을 차지하다가
다시 언 땅
그 삼팔선 이남의 상당 부분을
한동안 차지하다가
분단 본연의 삼팔선 부근으로 돌아가
피범벅 무승부의 초토였다

북위 38도 이남의 후방
전선 같은 후방
휴학
개학을 거듭하다가
학도병
소년병으로 죽어간 뒤
6년제 중학교가
3년제 중학교
3년제 고등학교로 나누어졌다

나누어지기 전
중학교 4학년인 그
아무런 요령도 행운도 없이
전선과 다를 바 없는 후방
피골짝
오밤중 뼈골짝 거기서
재수 없는 그믐달 한조각같이 살아남았다
그 우연의 목숨 두서넛 속
고등학교 1학년 학생 노릇 따위 그만두었다

모가지 없이
무슨 꿈도 없이 하루 한사발 반사발로
삼십리 길 갔다 밤마다 더 추웠다

산도 냇물도 몇천년의 묵은 뜻 같은 것도 다 잃어버렸다
그냥 폐허였다
거기서 무엇을 시작하기 따위

밤의 램프
아늑자늑 밝혔다가 끄기 따위
행여
소경의 아침 햇살 같은 혼령맞이 따위
다 부질없이
내일은 와도 그만 오지 않아도 그만이었다

오다가다
술이 걸리면 흙탕으로 취해버렸다

보살이
부처이기를 그만두고
중생 쪽으로 내려가는 그런 허황한 뜻 따위
아무런 상관도 없이
소위 무명(無明) 그것 하나로 떠돌았다
일천칠백 공안(公案)의 하나 또 하나
그것도 끝내 개 짖는 마을 앞 둠벙에 던져버렸다

구름도 믿지 않았다
구름 뒤
깊은 푸른 하늘도 믿지 않았다

중력도 허구라고
진리도
진리인 적 없다고
멍청한 안개였다
안개 대신
더 멍청한 는개였다

방고래 속 죽은 개는 혼자 식었다 익었다 했다
그는 또 누구네 처마 밑
앓는 늑골 위에
구운 돌 얹고 밤을 보냈다

잠결인지
꿈결인지

통증 속에도 번뇌망상이어서
진공 허공 속 깃털 하나
더 오르지도
내려가지도 않았다
들릴락 말락 먼 울음소리를 들은 것도 같았다

허무가 와 있었다

허무에게
먼 항구로 가는 지친 밤 완행열차에게

한푼 줍쇼

병신년 4월 5일

산 밑
도랑물에 왔다

도랑물 혼자 온전하디온전하다

이백도
하퍼즈도
여기 올 것 없다

천오백년 뒤
오백년 뒤
내 불쌍한 눈치코치도 얼른 돌아섰다

금성

이틀째 굶는 오막살이
일곱 식구 입에서 말 한마디 없다
어스름
어스름
낮은 굴뚝에서
생솔가지 처다 때는 틉틉한 냉갈이라도
수북수북하여라
솥에서 끓는 것은 정녕 밥물이 아닌
빈물
그 데운 맹물 떠다
한사발씩 밥으로 먹는 애저녁
벌써 샛별이 앞산 위로 가만히 왔다
내일 새벽에도
벌써 뒷산 위로 오리라

오천년을 그렇게 와 나의 별이 되어주었다

알타이에 가리

알타이에 가리

내 가난한 조상의 조상으로
돌아가
하루에 세마디나 네마디로 살리

내 지긋지긋한
말의 과잉과
욕망의 과잉을 때려부수고 가리
울다가
울다가
울지 않고 가리

그날

가령 요시찰(要視察) 특수격리감방
그 썰렁한 감방에서 나와보아라
온몸이 한참 뜬다
몇해 만에
그 미운 정 가득 찬 감방에서 나와보아라
잡된 머릿속이 텅 비어 온통 하얗다

그토록 모든 것이 무료이다 무료의 공허이다

다음 날의 돈이
그다음 날의 돈이 아직 오지 않는다

두메에서

언제인가 온 듯한 곳이 있다
식은 가슴이
좀 더워지면서
온 듯
와서 산 듯한 곳이
나를 기다리는 듯한 곳이 있다

저 마루턱 넘으면
숨어
눈부신 철쭉꽃밭이 있으리라
거기 넘어가지 않고 돌아선다

물러나
개울 건너
누구네 집 얕은 잠 자는 멍멍이
괜히 깨우지 말아야겠지
잠 안 자는 염소나 닭 두어마리도
느닷없이 놀라지 않게 해야겠지

돌아오는 길 지나치는 마을에도
더 삼가고 삼가는 하루이기를
모처럼 길어진 내 그림자도 조심스러워야겠지

저승 따위 없이
이승에서
이런 날이 일곱번 여덟번쯤이라도
되었으면

죽은 사람이 너무 많은 나라에서
나는 살았다
열일곱살에 총 맞아 죽은
내 고향 동무 김봉태를 생각하는 저녁 무렵
지난날 같으면
저 마을의 난쟁이 굴뚝에서
밥 짓는 연기 드높이 피어오르겠지

재

은하수 밑
이 세상의 답(畓)이다 한줌의 재

너 몰라도 된다

동백

어차피 무슨 독한 이데올로기 아니거든
아는 척
모르는 척
그대로 두라

갈매기는 안다
독한 넋이면
다음 세상 따위는 없다

여수 돌산도 낭떠러지
거기
완전무결의 동백꽃 모가지째 직선으로 떨어지는
죽음 아니거든
이번 세상
파도 소리 따위도 없다

꽉 찬 바다 단 하나

2차

세상의 제사들이 여기저기서 다 끝났는가
밖으로 나와본다
기운 별이나
늦은 조각달은 거들떠보지 않고
그저
두더지나 면해
마당의 어린 감나무와 고욤나무께를 본다
어둠속이면
밖은 모조리 모조리
안이 되어 있다

거기
내 죽음이 보였다
십분이나 십오분이 남은
내 삶이 먼저 보였다

1차의 술집에서
2차의 술집으로 갈 때

얼마나 환호작약이었던가

내 죽음은 그 이상이다 기탄없이 오라

첫걸음

한 손바닥으로
자미성을 쓰다듬고
두 발이
하늘 벌판을 내디디나니 운운

이 해묵은 시 어때
호방하기만 한가
허황하기만 한가

그래서
고만고만한 골목길이나 뒷골목길에 가
너스레로 놀고 있는가

그래서 제 구덩이에 푹 빠져
뛰쳐나올 줄 모르는가

별도
푸른 하늘 밤하늘도 없는 삶이

어찌 삶의 첫걸음이겠는가 마감이겠는가

시 옆에서
나의 사생활 몇십년으로 하여금

강도질로 전쟁이 왔어
전쟁은
전선과 후방을 따로따로 두지 않았어
아직 미성년인 채 살아남았어
인간이 인간을 죽인 뒤였어 피의 앞산 뒷동산이었어
그래도 인간이라는 낱말이
하나의 뜻이 되었어
'우리 인간적으로 말합시다'라는 살아남은 사기꾼의 한마디면
하나의 삶이 되었어

특이한 바는
이런 회색 가운데 시가 철부지로 색(色)이었어
시가 신록이고
시가 단풍통곡이었어
그 어디 가나오나 폐허인 내 나라 굶주림으로

세수도 하지 않은 김관식이

육당 수제자라고 나타났어
나는 노자도 모르고
모더니즘도 모르고 덩달았어
큰 모서리에 모서리가 없지 없구말구
큰 소리는 소리 까마득하지 아예 적막이지
제법이었어
큰 모양에 무슨 모양이겠느뇨 어쩌구
아쭈

이러는 중에도 숫총각 봉지 뗀 뒤로
매양 덜덜덜 떨었어
아침이슬에
석양에 남부끄러웠어
입수(入水)도 음독도 마다하지 않았어
달밤이면
세상의 울음이란 울음 다 마다하지 않았어
달밤이면
세상의 울음이란 울음 다 불러들여 새벽까지 긴 울음이

었어

안면몰수였다가 천벌 받으려고 그랬던가
시 한편에
쌀 한됫박이라니
쌀 반됫박이라니
택도 없는 허욕이었어

그러므로
시 한편에 얼마
시 네댓편에 얼마
그런 짓거리일랑 에잇 더러워 더러워 하고
아예 입안에 담지 않았어

아, 무심의 마이너스 그것이었어

그냥 어이할 줄 모르게 좋기만 하므로
오밤중 아껴야 할 호롱불 아래

눈 버리며
제법 총각에 낭자인 듯
낭자 앞과 뒤 돌고 도는 총각인 듯
그 시인 노릇 감히 꿈꾸며 가슴 출렁거렸어

해방 직후
조선어 국어교과서 육사 「광야」를 만났어
처음이었어
시 만나기
생전 처음이었어
학교 미술반에서 돌아오는 저녁길 가녘
한하운이 내 문둥이를 생모(生母)인 듯 기다려주었어

죽은 고향 어이할꼬

나는 집 나갔어
배고프며
배아프며 다녔어

엿장수 엿목판이다가 거지 그림자였어
녹슨 철로가 달빛에 빛났어

이윽고 내 허무의 1950년대가 이슥했어
방선(放禪) 십년
조주(趙州) 무(無)를 던졌어

1958년이었어
허깨비 같은
도깨비 같은 나에게도 오는 시절 아니 올 수 없었던지
오십년 전
1908년 「해에게서 소년에게」를 알 바 없이
나의 시절이 왔어
한국시인협회 창립 기념
『현대시』 창간호 신인 작품으로 나섰어
그해 『현대문학』 11월호
3회 추천을 단회 추천으로 때려잡고 나왔어
시 세편

죄지은 듯이 원고료를 받았어 아닌 철에 이마에 땀띠 났어

이 시절에 사연 둘 있어야 했어
하나는
내 고향의 추상화가 나병재가
어쩌다가
내 시 한편 지니고 있다가
신문에 난 기사 보고
눈 감고 투고한 것이
회장 조지훈의 눈에 들어 뽑혔던 것
하나는
내가 산중에서 서울로 와
조계종 비구승대회 후기 대변인 노릇으로
신문 창간
잡지 창간을 서투르게 진행하는데
편집 빈칸 메운 내 글을 본 신도 하나이
며칠 뒤 무작정 나를 끌고
마포 공덕동 미당한테 갔어

시 다섯편 중 세편을 보자마자
현대문학사에 즉시 보냈던 것

그뒤 해인사에서
4월혁명 만났어 단식정진 중에 현대사가 멀고 멀었어
5월 군사쿠데타 만났어
1961년 5월 어느날
서울 선학원 선승이던 나는
내 시 최초의 독자였던
천주교의 구상과 함께
제주도 가려고
광화문 대한국민항공사 사무실에 갔어
계엄령으로 막혔어
거리의 전파상회에서
'절망과 기아선상에서…'의 혁명공약을 듣고 들었어

1960년대 후반
전봉건이

서울 서대문우체국 뒤

거기 비탈진 단칸방 얻어

『현대시학』을 낼 때도

시 쓰는 환희 그것으로

이미 톡톡히 보상받았노라고

시의 무상성(無償性)을 외쳐댔어

받아라

안 받는다

받아라

안 받는다 하다가

그 특집 원고료로 나만 대낮 배갈에 취해버렸어

전봉건은 그 굵은 목소리에 가느다란 입술로

곱빼기 아닌 짜장면 한그릇뿐이었어

나더러

현대시학상을 준다는 것도

시의 무상성 운운으로 괜히 열렬사절이었어

시로 돈 받다니

시로 돈 받다니

이러구러

시인 노릇 건달 노릇 뜨내기 노릇 십년 이십년

어언 오십년 월떡 넘겨

한편당 몇만원 받고도

어느 행사시로는

한편당 몇백만원도 덜컥 받고도

심드렁해지고 마는

내 철면피한 자취 그칠 줄 모르고 있어 상도 주면 다 받

았어

호젓이

시의 무기수라는 천벌 감수하며

내 조국을

내 조국 밖을 유배의 세월로 삼아왔어

내가 한국 시단에 오른 앞뒤로는

시인 고작 일백여명이어서

어느 시인 겨드랑이 터럭이 몇개인지도
빤하게 알아맞히는 시절이었어
이런 인구 희박의 우애 또한 각별하여
푸짐한 가난에
푸짐한 정(情) 낭창거렸어
속주머니 한푼 없이도
통금시간 임박 때까지
1차 2차 3차로 코가 삐뚤어지고 말았어
코피도 터졌어

이제 시인 일만명 이상
아니로세
시인 오만명 이상
누가 누군지
누가 누구 아닌지
세상 각처마다 시가 죽었다는데
하기사
나 태어나 한살인 그해

시의 죽음을 말한 적이 있었고
그뒤로
뜨문뜨문 그 소리 거듭된 나머지
이제 언제건 어디서건
시의 시대 가버렸다는데
한반도 남쪽에는 시와 시인 기하급수로 증가하고 있어
어쩔거나
어쩔거나
어쩔거나
나부터 이 단말마를 작파해버릴거나

이쯤이련만
오늘은 누구네 감회 깊은 잔칫날이니
반공(半空)에 입 대고
헛소리나 한두마디 사뢰는바

이제 막 시에 눈뜨는 소년
이제 막 시단에 오른 청년

그네들의 처음에 경배하며
시의 불멸을 거꾸로 부르짖는 나의 밤 새워
아뢰는바

가도 가도
본디 그곳 아닌가
와도 와도
본디 그곳 아닌가
나 어쩔 줄 몰라
시 하느님이시여
시 화냥년이시여
시 만고역적이시여 시 달 가는 빠른 구름이시여
굳이 모자 씌울 것도
잘라낸 꼬리
불쌍하게 혀 찰 것도 아니거니와

한술 더 떠보니
하도 오지랖이 커지고 말았어

소월 이상 그 이래 어쩌고저쩌고 그러다가
우연은 넓어
저 미친 횔덜린과 바람난 릴케에 이르러
삶이 시이고
시가 삶이던 것
이십년이나 시 그만둔 세월 뒤
다시 시를 쓰는 뽈 발레리가
파도 소리 먹으며 누워 있는
그 처갓집 데릴사위 무덤 속 발레리가
내 바깥사돈에서 안사돈으로 바뀌어
바야흐로 세상천지는 시들어가는 꽃 한송이였어

본질은 가버렸어
애당초 없는 것을 있다 있다 한 것은 아닌지
술 몇잔 알딸딸해지면
시 붙들지 마
놔주어
놔주어

44

벼랑에 지는 궁녀들 그 치마 뒤집어쓴 뮤즈를 좀 보아

시 죽고 죽어야겠어 훗날 시 어렴풋이 살아야겠어
창천(蒼天)같이 어이없는 필연같이
이백의 달같이
압록강 중강진 밤중같이

신발 한켤레

꿈속에서 멍한 신발 한켤레를 샀다

백리는 가겠다
백오십리는 가겠다
신철원 구철원에서
아직껏 가지 못한 금화읍내 거기
백오십리쯤이면
아니 더 가서
단발령 삼백리쯤이면
신발도 내 혼백도 하룻밤 캄캄하게 쉴 만하겠다

때마침 밤새워 기다려준 그믐달 아래
온 길도
갈 길도 다 새로 태어나겠다

두레 주막에서

그림 축에도 못 끼었으니 이 나쎄토록 설익은 환이나 쳐
오던 날들이었습니다

저물어
새들 제집으로 돌아오는 것을 보면
내 마음도 사립을 닫는 들마로 몰래 슬폈습니다
이런 하루들이 씨가 되었던지
기어이
기어이
길손으로 나서고 말았습니다

식민지시대 그뒤
분단시대였습니다

여기가 어디쯤인가
남은 기운으로
누구누구의 넋으로 손짓해 오는 듯한 딴 길이 나와 있었
습니다

그 길로 갔습니다
갔더니
떠다놓은 주막인가
그런 급한 주막이 기다리고 있었습니다

첫잔으로 얼른 목을 축였습니다
여자라면
두번이나
세번쯤 새각시 첫날밤이고 싶었습니다
첫잔 다음으로는
물이
불로 바뀌어가
결국에는 발톱 밑에서 대가리 정수리 터럭 끝까지
찬란한 모닥불 덩어리였습니다

주막 구석진 평상에 가로놓여
이승인지

저승인지 모르고 불난 지귀(志鬼) 신세로 잠들었습니다

오밤중인가
아린 가슴속
20세기가 가고
21세기가 와 있었습니다 신새벽 숨이 찼습니다

이제 종이에 쓰지 않고 공중에서 씁니다
쓰고 지우고
쓰고 지웁니다

지워버린 시가 시입니다
그런가요? 가버린 시가 시인가요? 아직 오지 않은 시가
시인가요?

박태기꽃

날 좀 보소

이 박태기꽃 동남동녀네들 피어나기까지
지지난해 지나
지난해 봄 여름 가을 겨울 지나
올봄으로
일년 열두달이나 걸렸다고?

누님이 죽었다고?
죽어
묵은 거울 속에 들어 있다고?

아니겠소
아니겠소

이도 아니라면
이천년이나 삼천년이나
그런 아마득 아마득한 무작정의 밤낮들을 다 바쳐서

여기 박태기꽃 눈곱 법열(法悅)에 이르렀다고?

정녕 그렇겠소

뜨락에서

무슨 북극권 오로라 파열 같은 황홀경이야
어찌 내 앞에
택도 없이 와 있으리오

지금
명자나무 가시줄기에 달린
이쁘디이쁜 꽃에
좀스러이 추운 벌이 와 떨리는 사랑이라면

더 뭘 빌어 마지않으리오

무위에 대하여

무엇을 하지 않다니

거지가 되거라
비굴한 도둑이 되거라

무엇을 하지 않다니

꽃 지거나
다음 해
꽃 피거라

두견새 오래 울어 무엇이거라

유언에 대하여

인류 각위 그대들이 끝내 지켜야 할 것
아래와 같다

내 발가락부터
내 손가락부터 이미 특수성일 것

내 별 볼일 없는 얼굴로 하여금
그 누구의 보편성 아닐 것

태풍 뒤 무지개이거나
태풍 뒤 무지개 없거나
오늘이
내일의 보편성 아닐 것

자화상에 대하여

나는 8·15였다
나는 6·25였다
나는 4·19 가야산중이었다
나는 곧 5·16이었다
그뒤
나는 5·18이었다

나는 6·15였다
그뒤
나는 무엇이었다 무엇이었다 무엇이 아니었다

이제 나는 도로 0이다 피투성이 0의 앞과 0의 뒤 사이 여기

중앙아시아와 동북아시아에 대하여

이곳 끼르기스스딴 고원의 이름들
얼었다가
녹은 이름들
툴마르
수데마
투르다르
굴미라
지파르굴
아부 드라 주

이런 이름들 저쪽으로 흉터 같은 두고 온 이름들
마맛자국의 이름들
태일이
태삼이
병옥이
상렬이
옥순이
복순이

영섭이

칠성이

숙희

기만이

서로 모르는 이름들이 서로 모르게

거기서 해 맞이하고

여기서 해 보낸다

함께 언제인가 드높이 울자 구름으로 두둥실 떠서 울자

이슬람에 대하여

라마단의 길
머나먼 수니에 가리
가슴에 박힌 초승달로
수니에 가리
수니가 막아서면
돌아가리
시아에 가리
폭탄 몇백발 퍼부은 곳
시아에서 죽으면
돌아오지 못하는
영영
돌아오지 못하는 초승달 넋으로
수니의 하늘에 가리

수니에 가리
시아에 가리
거기 가서 하늘의 새끼 낳으리

시아에 가리
수니에 가리

종에 대하여

종이 울다
어둑새벽으로 울다
지난밤의 침묵
아무도 열지 못하는 침묵을 지나
달려온 새벽으로 울다

종이 울다
지상의 침묵
또는 지하의 눈먼 침묵을 지나
꺼므꺼므
앞뒤 사라지는
산기슭 저녁 어스름으로 울다

종이 울다
그 누구도 치지 않은 침묵을 지나
저 스스로
머나먼 종의 울음을 불러다가
아무도 모르게 울다

이 세상 다섯 바다의 귀머거리에게 울다
팔백억 혼령에게
돌에게
흙에게
물의 환생에게 울다
한낱 티끌인 내 치욕이던 내 쓰디쓴 영예이던 몸속 쓸개에게 울다

종이 울다

겨울 햇빛에 대하여

겨울 햇빛 너는
흙 속의 씨앗들을 괜히 깨우지 않는다
가만가만
그 씨앗들이 잠든 지붕을 쓰다듬고 간다
이 세상에서 옳다는 것은
그것뿐
겨울 햇빛 너는
지상의 허튼 나뭇가지들의 고귀한 인내를
밤새워 달랠 줄도 모르고
조금 어루만지고 간다
이 세상에서 충만이란 이런 섭섭함인가
겨울 햇빛 너는
아무런 일도 일어나지 않도록
아무런 자취도 남기지 않고 그냥 간다
지식이 무식보다 얼마나 유죄인가
정녕 그렇겠다
겨울 햇빛 너로 하여금
이 세상의 모든 얼간이들이

한동안 싸우지 않고
한동안 피 흘리지 않을 어느날을 꿈꾸고 온
겨울 햇빛 너는
나를 지우지 않고 내 그림자를 지우고 간다

통곡인들
오열인들
내 절규인들 들어주는 곳 전혀 없다

겨울 햇빛 네가 간 뒤
내 쇄골로 겨울밤을 새운다

아기에 대하여

아기가
섬마섬마

아기가
섬마섬마
일어서다가 넘어진다
넘어졌다가
일어선다
다시 넘어진다

오늘은 이토록 진지한 날

아기가
섬마섬마

오늘 아침 열한시 지나 아기가 선다

행방불명에 대하여

서(西)사하라 사막 어디에서
길이 뚝 끊어졌다

돌아다보아도
돌아다보아도
돌아다보아도
또 돌아다보아도
길의 흔적 없다
하늘에 주린 솔개도 없다

벼락 맞고 싶으나
벼락도 없다
올 죽음밖에 남은 것 없다

죽음으로 벌떡 일어서서
내가 온데간데없는 길일 수밖에 없이
간다
무턱대고 나를 몇천개의 나로 간다

직유에 대하여

똥이다 할 때
똥에게 죄송하다
여우 같은 할 때
여우에게 죄송하다
독사의 자식 할 때
독사와
독사 조상에게 죄송하다
개 같은 할 때
개들에게
태어날 개들에게 죄송하다
쥐새끼 같은 할 때
김재규가
차지철에게 버러지 같은 할 때
쥐새끼에게
버러지에게 죄송하다
하이에나
늑대 할 때
그들에게

그들의 탄자니아 초원에게 죄송하다
소위 잡초들에게 죄송하다
옥에 대한
돌에게 바위에게 죄송하다
지옥이라니 이글이글 지옥 유황불이라니
지하에게 죄송하다

언어는 이미 언어의 죄악인 것

온몸에 대하여

저 매미 보아
온몸의 매미 소리 아닌가
저 쓰르라미 보아
온몸 똥끝까지 떨며 나오는 소리 아닌가
저 태초 팔월 햇볕 온몸으로 퍼붓는 들녘 보아

소원 하나
저 햇볕으로 내 주검 썩어지고 싶어

오, 완벽이여

꿈에 대하여

뭍에서
섬이 꿈이지
섬에서
뭍이 꿈이지

꿈 제발 이루어지지 마

조상에 대하여

선고(宣告)하노니

조상으로부터 나에게 내려오지 말 것
나로부터
천둥벌거숭이
나로부터
더듬더듬
까마아득 조상의 헛된 광야로 솟아올라 흩어질 것

조상이란
웬 놈 한놈 아닌
징그러운 억겁의
그 허허망망

아흐 조상이란 영영 무한

거기 눈물 나는 내 조상 9차원
그 어디쯤

독한 한대지방 블라지미르 백년 송장 썩지 않는 술 한모금
내내
기다리고 있을 것

거기

거기

누구 있어야
거기

거기

누구 대신
천년 전부터 누구의 자취 있어야
거기

여기
천년 뒤의 거기

꼴로라뚜라

저 벽공의 천사들 다 쫓아버린
몇 생의 저주였던
단 한 생의 아이
드높은
드높은
이 세계 문맹(文盲)의 동정(童貞)으로

내일 추락하라

일기 1

지난 이른 봄날 파장동께
아지랑이 잠겨 있었어
전혀 지적(知的)일 수 없이
술 깬 아침
쓰라린 아지랑이였어
얼라
얼라
쓰라린 피 묻은 아지랑이였어 착각의 원근법이 남았어

올여름 첫여름
나뭇가지 쳐주었어
마가목 가지
층층나무 가지
산딸나무 가지 괜히 시건방진 것 쳐주었어
얼라
피가 났어
나뭇가지마다
일초의 허위도 없는 피가 났어

미안했어

슬그머니
내 코에서 코피가 났어
육만년 전의 피가 났어

얼라
얼라
저기 봐
내가 밟지 않은 모래톱
모래 알알이
백만년 후의 피가 났어
다시 미안했어

일기 2

눈동자 없는 눈 같은 날
멍한 날이 있지
맹물 끓여
뜨거운
뜨거운
멍한 백비탕이지

이런 날 내 염통도 소매치기에 털려
날개도 없이
일찍 나온 거지별 쪽으로 사라지고 말았지

무위 자초(自招)
먹밤이지
누가 누구를 못 보는
그 무식한 어둠만이 완전무결이지
이제야 무위 뒤 유위인가
할 일 있지

세 살 때부터
철없는 소경으로
묵은 거문고 탔지
그 거문고나
내 캄캄한 무르팍에 뉘어나 보지
꼴리누나
꼴리누나
궁상각치우 어쩌고저쩌고

말

어제 나는
나의 말보다 컸다 말세였다

오늘
나의 말이
나보다 크다 태초의 태초이다

후광(後光) 사절

내일
나의 말도 나이다 어떤 나이다

귀

차라리 위리안치 몇십년으로
오로지 듣는 일이 전부인 곳
그곳으로 간다

함거(檻車) 속 갇혔건만
내 마음속
물구나무서고 싶도록
차라리 기뻐라

피딱지 아직 그대로
복되도다
복되도다
복되도다
이로부터 거짓말 참말 없는 행복
그곳으로 간다

산 설고
물 설었다

제주도 산방산 기슭

거기 돌담에 갇혀

위리안치

가시울타리 갇혀

혓바닥 없이

이빨 없이

하루 이틀 굶어가며

끝내 굶어 죽어가며

그곳의 성난 바람 소리 뒤

생시인 듯

꿈인 듯

남은 새 새끼 소리 듣는다

들었을 뿐

들을 뿐

들을 뿐

세상의 유언이었다
아이고, 나의 유언 끝내 없었다

반환

시간은 하늘의 자유였다

밤하늘의 자유
밤하늘 별들의 자유였다
저 드높은
숙명의 자유야말로
자유이다

감히
그 시간을
인간이 내려다가
내 운명의 자유로 삼아왔다

숙명 대신
운명이었다

그 시간에 숨찼다
더이상 그것은

내 운명의 자유가 아니었다

반환하라 하루속히
네 운명의 멍에를 쇠사슬을

내 동무 리얼리즘에게

맘껏 손가락질하거라
큰절 파계승
명고출송(鳴鼓黜送)이거라
산문출송(山門黜送)이거라

나 케케묵은 신화 속으로 쫓겨간다
세속 열반
뱀 대가리 솟는 오욕칠정
그 미혹에 파묻히려고 간다

일만개 부처 이름 내버리고
십만개 보살 이름 내버리고 간다
언제쯤 빈털터리로
다시 오지 않으려고 간다

너덜너덜 내 팔구십년대 허수아비 두고 간다

저 아래

그 누구도 기다리지 않은 신화 속으로

언어의 불륜으로

침묵의 모반 거기 쫓겨간다

털실 뭉치 앞에서

아이에게 맡겨라
털실 꾸러미라니
제발 알뜰살뜰 네 것으로 삼지 마라
헝클어져라
헝클어져
털실 꾸러미도 아니게 자포자기하라

아이에게 맡겨라
헝클어져
헝클어져
아이의 자포자기에 맡겨라

이렇게 자라나더라
아이도
오천년 역사도

삼거리

석주
아직껏
나는 진부하게시리
삼거리에서 쪽 못 쓰고 있네 그 언제까지나 이토록 진부
할 따름이네

진눈깨비 아니고는
오도 가도 못하고 있네
화투 같은 것
여섯끗
일곱끗 아니고는 그냥 죽치고 있네

하기사
외길이야 한곳으로만 쪼르르 가면 되네
허나
이놈의 가슴 떨리는 삼거리에서는
가던 길을
문득 바꿔버릴 수 없네

필연이 있다면
어디 그뿐이랴
필연보다
우연이 훨씬 요염하네

아니
나 또한 오지 않는 임종 같은 지긋지긋한 나이거니
후딱
누구의 의붓아비 되고도 남네
삼거리 술집
술 석잔
나그네 몸속에서
몸보다
맘속에서 먼저 취한 미몽의 노래 나오고 마네

더구나
나는 나 아니라

찬란한 내년 봄날
그 누구라네
그 누구의 귀신이라네

삼거리 술집에서
나는야 죽고
나는야 사네
천만다행 다른 길로 가네

손님

홍적세의 누가
충적세의 누구에게 왕림하셨소이다
먼 길손이시니
열렬환영이시기를

어둠이 빛으로 왕림하셨소이다
비유가 아니시기를
비유가 싸가지없는 사기로 되는
서글픈 밤들이 아니시기를

캄브리아기
빛이 어둠의 전신이시듯
오늘따라
폭포 소리 없는 폭포같이 스파이같이
불현듯 여기 낙하하셨소이다

추우실 터이니
옛날 옛적 춘궁기 이전 미지근한 온돌 아랫목에 앉으시

도록

　그동안

　어둠의 수행이든 빛의 외설이든 두루두루 무방하셨소
이다

요셉을 위하여

있으나 마나
마리아의 저 헛지아비
있으나 마나
아기 예수 의붓아비 허수아비

자주 거추장스러워라 그렇다고 내다버릴 데 없어라

갈수록 구차한 신세 서러운 아리마테아 요셉의 밤낮
지어미 거룩할수록
의붓자식
거룩하고 거룩할수록

신성모자 집 안에 계시오면
그대
울밖에 나가 있도록
신성자모
바깥에 계시오면
울안 뒤란에 가만가만 들어가 숨죽여 있도록

그럼에도
갖은 수호(守護) 다 기울이시니
그럼에도
갖은 수발이란 수발 다 바치시니

나귀조차 알아보고
서로 데면데면이건만
갖은 살림살이
갖은 세상살이 그뒤 다 도맡으시니
끝내 누구한테 목숨 내놓아버리시니

성 요셉이라

시시한 날

만고의 의미 어리석건만
의미 없이는
너무
너무
이 세상 남은 것 허전해버려

아쭈

돌멩이가
돌멩이의 의미이고
파도가
파도 소리의 의미일 터

그러므로
돌이 꿈꾸지 말라는 법 없어
돌은 돌의 꿈이여
파도는
영영 파도의 꿈이여

나 또한 아니꼽살스러이 나의 도도한 의미여
이 의미에 덤으로
나는 이루지 못한 나의 도도할 수 없는 꿈이여

애먼 담배를 끊은 적 있어 어언 사십년 전이여

화무십일홍권(花無十日紅權)

옳거니
과인에게는
오로지 지금 당장일 따름이로다
과인에게는
내일이라는 것도
무엇도
속속들이 헛소리일 따름이로다

하물며
저 철두철미
도이칠란트 정치 일정 내다보는 오백년 따위라니
레비스트로스 장기지속(長期持續)
천년 따위라니

내 망건 쓴 조상님네
노망들어
삼천갑자(三千甲子) 운운이라니

이런저런 것들이야
과인이 몽땅 임기 오년으로 잘라낼 따름이로다

어흥 오년무상 제행무상
벌써 이년
벌써 삼년

어흥 과인의 춘추 나머지 일년

칠레 맛 없다
부르고뉴 맛 없다

이실직고

치매이시라
내 자식이 내 자식 아닌 것

미혹이시라
웬 놈의 진리가 진리 아닌 것

여름밤 일만 벌레 소리
귀 없이 들으시라
겨울밤
소경으로 눈 내리는 것 실컷 보시라

한평생 육바라밀이 순 도둑질인 것

작은 노래 여럿

작은 노래 1

흰소리 마
자두꽃 가만가만히 진다

허튼소리 마
산 너머
시난고난 할멈 숨 놓으신다

작은 노래 2

서러우면
쓰레기를 줍자

서러우면
헌 사전 뒤적이자
그래도 서러우면

뒷산에 가자

뒷산에 가 먼 데나 아무 데나 보자

작은 노래 3

기어라
네발짐승으로 기어라 원시반본이거라
달려라
네발짐승으로 달려라 오만한 원시반본이거라

다 망친
직립보행 이제 끝장내버리거라

작은 노래 4

사랑할 시간 없다고
사랑할 시간
아주 조금밖에 남아 있지 않다고
허풍 치지 마

증오가 시시하니 그리도 시시하니
어이 사랑인들 시시하지 않을쏜가

사랑할 시간 타령하지 마

오두방정 떨지 마
손해 본 듯
도둑맞은 듯
허하게
쓰라리게
사랑이라는 것

한 생애로도 채울 수 없거니와
사랑이라는 것
몇 생애를 거듭할 수밖에 없거니와

그냥 멍청하게 불 끄듯 멍청하게 불내듯 사랑해봐
상도 받고
벌도 받고 그래봐

작은 노래 5

먼동이로다
오늘도 살아보련다 아픈 무릎 굽혀 이불을 갠다

작은 노래 6

기껏 암자 하나

암자 밑
들리다 말다 하는
개울물 소리 하나

그런 곳에
두고 온 것 혹여 있더라니

가보아

작은 노래 7

온몸이어라
매미 소리
온몸이어라
밤바람 소리

온몸이어라

오늘밤 커다란 보름달 빛

작은 노래 8

긴 전철이구려
신창역 천안역에서 서울 *끄트머리* 광운대역이구려

이 전철
수원역에서
서울시청역까지 가는 동안
모두 다 스마트폰 삼매경이구려

외롭구려

작은 노래 9

이 세상은
오래
오래
있어야 할 곳 아니셔

100세 어르신이여
네팔 지진
8일 만에 살아나온
매몰 할아범 103세 어르신이여
아니
'슬픈 열대' 100세여
좀 염치코치 없으셔

작은 노래 10

한 오백년이나
저녁 어스름이 좋아

소인지
말인지 몰라
거지인지
도둑인지 몰라

한동안 너도 나도 그놈이 그놈 거기가 좋아

작은 노래 11

마당에 계시온 닭이여 개여

종교도 없이

무엇도 없이

작은 노래 12

낮의 등대 같은 벗이고저
밤의 등대 같은 벗이고저
내 술잔
저승의 벗들 위하여

작은 노래 13

발톱을 깎는다
손톱을 그다음에 깎는다

내 몸에도
거룩하디거룩한 것 몇가지 있단다

작은 노래 14

대통령이 없기를
국회의원이 없기를

그런 것 없는 작은 마을이기를
아기 젖 먹인 엄마가
머릿수건 벗고 쉬는 마을이기를
밤새도록
세길 우물물 가득 차는 마을이기를

작은 노래 15

먼저 피가 난다

나중에야
나는 칼에 손가락을 베인다

아얏

이렇듯이 미래라는 것도 다급한 현재이니
참 내

작은 노래 16

저녁 바다 앞두고
돌아서다니
초승달 등에 지고
돌아서다니

작은 노래 17

아직도
아직도

얼마나 놀라운가
아침이슬에 담긴 아기 울음소리 햇빛들

작은 노래 18

사과꽃 한창이네
배꽃 한창이네

개와 강아지들 잠들었네

작은 노래 19

남(南)은 북(北) 있어라
제발 덕분
북(北)은 남(南) 있어라

이 지복의 분단 길이 있어라

허나 백년 뒤 그도저도 아닐 터

작은 노래 20

옛 티베트말로
바르도라
낮과 밤 사이
황혼녘 그 어름이라

생과 사 그 사이 어디쯤이라

작은 노래 21

오호라

이 세계에서 가장 커다란 무덤
빈라덴의 무덤

숫제 아라비아 바다
아무도 모르는
아무도 모르는
불면의 밤
거기 어디야

전체로써 하나야

작은 노래 22

서툴거라
언어의 첫걸음이거라

네 자음이 먼저였다

그 뒤로
네 모음이 따라왔다

전생애로 서툴거라

작은 노래 23

나무가 있는 곳
악이 있는 곳

어디나 하나 이상이구나

작은 노래 24

아침 여섯시
안개 만원사례로다

설치류들
나올 생각 전혀 없다
나도 나갈 생각 없다

이대로 세계 종언을 꼼짝 않고 갈망한다

작은 노래 25

봄날 아침
쉬엄쉬엄 연두 오른다
가을 저녁
느릿느릿 단풍 내린다

나 만고역적으로 급하구나 급하구나

작은 노래 26

저 식당들 하나하나 다 들어가고 싶다
한번씩
몇번씩 들어가
곰탕 사먹고 싶다
순두부찌개 사먹고 싶다
소주 두병하고
불백 사먹고 싶다

맨날 지나치는 나 미안하고 미안하다

백일몽 이후

나는 오랜 백일몽 이후

이윽고 깊어진

내 몽유병을

그대에게 보내노니

차라리 종잡을 수 없는 추상으로

그대 남은 생을 다하거라

아니라면

구름이라도 한 자락 얻어 타고

과거로

과거로 가서

저 옛 아시리아 니네베쯤

유프라테스와

티그리스가 기어이 만나는 아랫녘

우르나

우루크나

그런 곳의 술집 노파에게

껌을 붙여

칼이 녹슬듯이

할 일 없는 무전취식으로 눙쳐보거라
아니라면
수백년 뒤라 하더라도
결코 발굴되지 못할 화석이다가
화석의 몽유병으로
풍덩
페르시아 바다로나 떠내려가거라

바다가 그대 공짜배기 임종의 거처이니라

내 조상

한낱 입자도 파동일진대
나의 명사는
동사의 쓰레기
나는 그리운 동사에게 가야 한다

나는 파동

나의 자동사는
먼 타동사의 쓰레기
나는 그리운 그리운
선사(先史) 타동사로 가야 한다

오늘밤 미래가 미래뿐이라면 그것을 거부한다
나는 입자이자 파동

단언

단언한다

한바탕 꿈이라는 한마디도 군더더기
꿈도 아니다
그냥 허허망망 초만원
생이나
시나
그런 한토막도
심한 군더더기

오늘 아침 아내의 진심으로

대승 이후

붓다의 말 중에서
이런 시시한 말 하나둘 남아 있다
다른 말들은 팔만대장경 속에서 드르렁드르렁 코를 곤다

한마디

잠 못 이루면
별들을 우러러보거라

또 한마디
달처럼 살거라

치매 이전 혹은 귀의 이전 팔십화엄 따위는 영영 멀리 가
버렸다

춤

피나 바우쉬

춤추어라
춤추어라
그렇지 않으면
네 갈 길 잃어버린다

네가 춤추므로
나도 춤춘다 백지 위에서 춤춘다

내년 여름
베네찌아 제비 새끼 춤추리라 광교산 제비 춤추리라

나도 춤추리라
그리하여 내 갈 길 겨우겨우 잃어버리지 않는다

그리움

무위가 없다
거리에
또는 나에게
넘치는 무엇무엇들

산에도 빈 메아리가 없다

내 젖먹이 적 젖내 나는 무위여 네가 그립다

아침 수선화

아침 조카 조카딸 수선화 피었구나
어젯밤
연무동 철물상 사낙빼기 마누라 죽었구나

저녁 숙모 숙부 매화 꽃잎들 흩어졌구나
내일이나
모레
누가 태어나리라
장차 거지이거나 도둑이거나
탱크부대 쿠데타 일으킬
혹은 무명 칠십년 고이 마칠
팔삭둥이 아기로 태어나리라

생사밖에 없구나 생사밖에 없구나 아쭈 아쭈 수선화 한
나절 피어 있구나

은하 이야기

저 이웃 마을 안드로메다은하
이쪽으로
우리 마을 은하가
임자 없이 가로놓인다
아니
세로놓였다
세로나
가로나

우리 마을 은하는
이제
숫제 불임 아낙
더이상 별이 태어나지 못한다

우리 마을 은하 아래
일만년의 시 더이상 태어나지 못한다

머지않아

이웃 마을 안드로메다와 우리 마을 은하는 하나가 된다
그때까지는
시가 없는 밤들이 쌓인다

보아라 벌써 그런 밤이 오늘밤인가보다

카비르

다리 없이
팔 없이
춤추어야지
소매 없이
치맛자락 없이
춤추어야지

아, 종 없이
종소리 저승으로 보내야지
인도 시인 카비르의 시
아직 태어나지 않은 북소리도 하루 내내 들어야지

내 그림자

오늘도 오래 걸었구나
해설피
내 지친 그림자를 본다
처음으로
내 그림자에게
내가 절한다

저 마을
순한 개 짖는 소리가 건너온다

수고

천신만고로
오천년 전
인도의 불사약 아므르따를 구했어
구해왔어
그런데 그대는 어제 숨을 놓아버렸어
읽어야 할
마하바라다를 다 마당에 던져버렸어
구해온 아므르따도
내던져버렸어

책은 그대로 비를 맞고
약봉다리는 개가 물어갔어

이 세상에는 수고보다 헛수고가 더 컸어

소원

단도직입
파도처럼
시간 없이 살고 싶어라
새소리처럼
아직 태어나지 않은 소리처럼
공간 없이 살고 싶어라
비유처럼
비유 없이 살고 싶어라

죽고 싶어라
죽어서
죽어서
죽고 죽어서
바람으로 태어나고 싶어라
내일의 바람이
오늘의 나를 모자란 비유로 삼으리라

하루

떨어지고 싶다
그래서
떨어졌다

길 위에 누워 있는 잎새 몇개

어디로 가고 싶다
바람이 와서
길 위의 잎새들
저만치
더 저만치 데려간다

하루가 다한다 누구네 집 등불이 밝혀지려 한다

「적벽부」를 읽으면서

두보는
배울 수 있으련만
이백은
배울 수 없나니

바다 건너
그 누가
나의 행각
나의 그림자 싹 지워버리랴

생뚱맞게 「적벽부」를 뒤적이는 날

이 번개칼

오래오래 전부터 마련되어
이제사 온 것

네 놀라움도
내 놀라움도 그렇단다

번개 뒤
지붕 무너지는 천둥소리도
몇만년의 지금이란다

원숭이 앞에서

시에는
새것 말고
진부한 것
함께 있어야 한다

지금의 시에는
그것이 없다
마치 국부의 치모
없는 것처럼
숫제 재수 없는 빈 살인 것처럼

인류에게
짐승의 흔적이 없다니 원

하룻밤

항구라면 뱃고동 소리 한두번 들었으리라
지갑에 남은 현금 칠만 몇천원으로 목이 출출해지며
지혜라는 것은
묵은 책 갈피에나
천장의 파리똥 옆에 나붓이 붙어 있어라
밤은 마음이 확실하고 낮은 몸이 확실하다
그러나 살아 있는 삶을 모르거나
죽을
죽음을 아예 모르거나

먼동 트리라

나는 노래하리라

나는 노래하리라
아프면
아픔으로
기쁘면 기쁨으로 노래하리라

푸른 하늘 아래
이만년 전 누구의 피리 소리로
이만년 뒤 누구누구의 피리 소리 화석으로 파묻혀
노래하고 노래하리라
아득히
아득히
노래하리라

사만년쯤 노래하리라
수선화가
수선화가 아닐 때까지
노래가 노래 아닐 때까지
노래하고 노래하리라

활터

활시위를 떠난 화살의 곧은 행방이
저만치서
드높은
저만치서
휘어지기 시작할 때

활시위는 팽팽한 적 없었던 듯
숭거운 줄로 느슨느슨해질 때
어떤 일도
받아들일 듯
받아들이지 않을 듯할 때

물론 활을 쏜 사람은
관중!이 아닌
빗나간 화살과 자신에게 적이 낙담할 때
그리하여 집으로 돌아갈 때

집은 패배들을 쌓아두는 곳

패배들을 지워버리는 곳

오늘따라 집이 커졌다

하늘 높이 오르는 노래들

어느날
어느 곳
어느 넋이 와 말하더라

하늘이 크다 하여
저 하늘에 보낼 것이 있어야겠다 하여
할 일 많은 나라라
보배도 많았다
남녘 국창(國唱)의 아들인
가수 조관우의 두성 뇌성이
높이높이 올라가
하늘에 닿을까 말까 하더라

세계 가희(歌姬) 조수미의 꼴로라뚜라가
높이 높이 높이 올라가
하늘에 푸르게 닿았다가
내려오더라
내려오는 동안 삼십년 세월

한해
한해 지나가더라

이러기 전
약 몇백년 전 조선 말기
이 산
저 산
수리성들 메아리치던 골짝에서도
하늘이 내려와서
그 소리들을 데리고 올라가더라

만월

오늘밤 만월이다
마침내
어린 딸 열다섯살 영이가
피 한사발을 쏟았다

내 딸은
언젠가 엄마가 되어
보름달의 힘을 다 먹으리라

나는 딸에게 경어로 말한다

가소서
가서
아기 배소서

화성(華城) 미학

정조대왕이
영의정 채제공과
젊은 신하 정약용한테
화성 축성을 앞두고 이르기를
누가 보아도 아름다운 성이 되도록 하라며
아름다움이 적을 막는 힘이라고 말하신다

수원 화성 동장대에서
그 말을 듣는 내 오른쪽 귀에
보청기가 박혀 있다

달이 떴다
달밤 화성이 적들이 물러간 아름다움 그것이었다

시작

미풍으로 시작한다
미풍 이후
폭풍의 절정
바다는 성난 해일 십 미터의 파도 높이를 쌓아올린다
처절한 먼동의 폐허를 만들고 나서
사흘 뒤 잔잔한 바다
다시 미풍으로 돌아간다

죽을병도
아프지 않은 듯
아픈 듯
까마아득한 아픔의 옛날로 시작한다

참다울 때

먼동이 틀 무렵에나 도착할
밤기차를 타고 갈 때
1955년 동짓달
휴전 뒤의 속초 산중 영혈사에서
우물 속 둥근 하늘을 보았을 때
파도 소리에 묻힌
가파도 보리밭에 서 있을 때
아버지 무덤에 몇년 만에 갔을 때
그녀와 악수할 때
그녀 손이 아주 차가울 때

한밤중
사위어가는 모닥불의 남은 불에 두 손바닥 번갈아 쪼일 때
아주 촌스럽게 단추 떨어진 헌 옷으로 슬플 때
나는 좀 참다워지네

고향 1

내가 죽어야지
내가 어서 죽어야지
내가 어서 죽어버려야지
하고
탁한 한숨 내쉬는
동네 아주머니들
골백번도 더 내뱉은 그 말들

그런 아주머니들 속에서
어머님은 한번도
입에 담은 적 없으셨어
내가 죽어야지라는 그 말
한걸음 선뜻 다가선
앞산 앞의 어머님은
그토록
죽음이라는 말과 죽음을 모르셨어
통 모르셨어

정말 통 모르셨을까

고향 2

간밤 꿈속

용돌리
새터와
아래뜸 사이
기호네 고래실 논두렁에서
술 취한 채
돌아가신
미운 할아버지가 그리웠다
칠십년 저쪽에서
오래전의 미움이 그리움으로 바뀌어왔다

그래서 나는 동고티 산 밑
할아버지 무덤
한삽
한삽 파내었다
거기 이리저리 광(壙) 속 흩어져 있는
뼈 한다발을 조심스레 주워냈다

할아버지
할아버지
할아버지
하고 부르다가 꿈 깨었다

아직 날이 샐 줄 몰랐다

고향 3

고향이란 농업의 인문이다
상업에는 장애이다 장애이고말고

고향이란
그토록 골수와도 같은 사실이던 것으로부터
육십년 뒤로는
허구가 된다

구십년 뒤로는
어머니라는 낱말도 없어져
허구 없이 허구의 그림자가 된다

까자흐스딴 찬가

찬란하여라 찬란해 마지않아라
까자흐스딴 알마띠에서는
까자흐스딴 알마띠
해설픈 뒷거리 어디에서는
이런
이런
이런 일도 있더라

아흐 황홀!

무슬림 총각이
정교회 이쁜 처녀하고
혼례 뒤
아무렇지 않게 구름 이는 입맞춤이더라
비 오는 포옹이더라
덩달아
그 둘레 갖가지 몸들 싱숭생숭이더라

어찌 이것일 따름이리오

무슬림 이맘하고
유대교 시나고그 껌정 수염 랍비하고
아무렇지 않게 호형호제로
너나들이로 천연덕스러이
잘도 지내시더라

책도 빌려주고
돈도 꾸어다 쓰고
출출하면
안 비싼 식당에도 함께 가시더라
행여나
병나면
병문안 반드시 반드시 오시더라

어찌 이것일 따름이리오

로마 가톨릭 사제하고
장로교인지
침례교인지
무슨 교인지 다 막론하고
말 타고 초원에 함께 나갔다가
말도
사람도 다 지쳐서
다정다감하게 돌아오시더라

어찌 이것일 따름이리오

멀리 동아시아 이내 마음 안절부절이더라
미움의 세월 내보내고
기어이
벌떡 일어서서
있는 듯 없는 듯 낮달에다 맹세하기를
까자흐스딴 거기
까자흐스딴 거기

시인 스따니슬라브 리
그가 거니는 거리 거기로 가마
그의 벗 병학이
그대도 보러 가마

아니
까자흐스딴 이맘 보러
목사 보러
수염쟁이 사제 보러
가톨릭 보러
시나고그 보러 가마

그 신부 신랑
하나는 어디로 가서 빌고
하나는 어디로 가서 빌고 하리라
돌아와
한 밥상에 앉는 신접살이 엿보러 가마

발랄라이까 들으러

보뜨까 마시러

가마

그 휘황찬란한 인류 공존의 꽃동산 보러

가마

열한번쯤 절하러 가마

어떤 회상

적도(赤道) 아래였다
1969년 인도네시아 각지에서
빨갱이로 내몰린
백만명 이상이 여기저기서 죽어나갔다
자카르타 거리에서
두메
고무나무 수풀에서
제집 사립문 앞에서

수많은 큰 섬 작은 섬들 둔덕마다
피범벅 송장들 더미더미 쌓였다

죽은 자의 피를 마시면
미치지 않는다고
방금 죽은 자의 심장을 쏟아내어
더운 피
한사발씩
두사발씩 마셨다

좀 짠맛이 났다 단맛도 났다 한다

사십년 뒤인가
여든살 노인네 서넛이 둘러앉아
그 시절을 태연자약하게 자랑한다
그래서 미치지 않았다고
조금도 미치지 않았다고
굳센 소리로 떠들었다 눈빛들도 쨍하였다

어떤 어명(御命)

그대 취하지 않고는
못 가

이 지상 만방(萬邦) 몇천년
몇만의 왕과 참주들 켜켜이 승하하셨도다
그들의 생전
몇백만개의 왕명(王命) 내리셨도다

이 가운데서
가장 아름다운 곡조의 어명

그대 취하지 않고는
못 가

그 어드메 그 어드메 그 어드메
이런 최상승(最上乘)의 왕이리잇가 왕명이리잇가

수원 팔달시장 언저리 빗돌 하나

이백여년 전 정조의 술상머리

머리 조아려

그윽이

그윽이

삼가 취하올진저

성은 망극이올진저

13번 버스

연무동 거리를 지나노라면
벌써 가슴속에는
만나야 할 벗이 들어오더이다
영화동 거리 지나
저기
장안문 아래 굽이치는 동안
가슴속의 벗들
두번이나
세번이나 미리 만나더이다

거기서
남문 팔달문으로 나아가는 동안
서서 누운
누워서 선
삼촌 같은
오촌 같은
팔달산 솔밭에
벗들도 나도 거기 있더이다

푸르더이다
푸르더이다

이렇게 수원역 섰다가 칠보로 더 가더이다
내년쯤
내후년쯤 사귈
내 모를 벗들도
내년쯤
내후년쯤의 나도 거기 미리 와 있더이다

새해, 벗에게

한 평방미터의 땅으로 울어라
한 평방미터의 땅으로 웃어라
한 평방미터의 땅을
그대 어머니의 마음으로 모셔라
한 평방미터의 땅을
그대 자식의 얼굴로 길러라

2014년의 벗들

한 평방미터의 땅으로
온 나라를 삼아라
온 누리를 삼아라

벗들
한 평방미터의 땅으로 시작하라

마침내
한 평방미터의 땅이야말로

몇만평의 하늘을 펼치리니
몇백만평의 나 자신을 펼치리니

한 평방미터의 땅으로 사랑하라 벗들

성묘

어머니 무덤에 안쓰러이 와 있습니다
불효막심의 삶으로
실패니
성공이니
그런 세상의 허울들이
아지랑이 뒤로 가물가물합니다
몇해 전보다
더 내려앉은
어머니 무덤가에 주저앉았습니다
아예 누웠습니다
반나절인 듯
누운 채로 멍한 하늘을 보았습니다
하늘 속
어머니의 얼굴을 보았습니다
어머니의 젖가슴 푸른 핏줄들을 보았습니다
엄마
엄마
엄마 하고 부르던

다섯살의 나는 다 지워져서
어머니
어머니
하고 여든한살의 묵은 목젖으로
가만히 불러보았습니다
저만치서 할미산 할미꽃 서넛이
아무것도 바라지 않고 피어나 졸고 졸다가 깨어 있습니다

세부

필리핀 세부에는
그 천하명승 휴양 시설 따위 말고
어렵쇼
거기 교도소도 하나 있는데 말입쇼

그 교도소 재소자들이
틈내어
익히고
익히고
익힌 춤솜씨로
춤추는 잔칫날을 벌이는데 말입쇼

그날은 감옥 안이고 감옥 밖이고
온통 함께 어우러져
춤의 인산인해를 이루는데 말입쇼

그 춤 속에서
감옥 밖의 이혼녀와

감옥 안의 전과 3범 홀아비 눈 맞아
남은 형기 다 마친 그 홀아비하고
사년 뒤
화촉동방 이루기로 했는데 말입쇼

그런 춤추는 잔칫날 파한 밤중
늦은 달 올라
그 귀 멍멍한 달빛 은백으로
달빛 춤 넘치는데 말입쇼

불쌍한 나 거기 가 있을 수 없는데 말입쇼

가을이므로

네가 이겼다는 말은
내가 졌다는 말이 아니기를 바란다
내가 이겼다는 것은
네가 지고 말았다는 것이 아니기를 바란다

왜냐

가을이 왔으므로 가을이 와 계시므로
단풍이므로
낙엽이므로

벌써 빈 가지들 우듬지들이 별빛에 설레이므로
여기에는
이기는 것도
지는 것도 자리잡을 수 없으므로

선유도에서

나는 누구의 노예였다

오밤중 같은
소경의 대낮에
썩은 진새벽에
섣부른 노예 반란을 일으켰다

한덩어리 바람 속

그러나
나는 결국 나의 노예가 되고 말았다
술지게미 먹어대는 팔대 구대 세습의 도야지우리 거기
였다

또다시 뛰쳐나와
오도 가도 못할
파도에 에워싸여
파도에 에워싸여

나의 행복

개에게 말하다 책에게 말하다
첫가을 된장잠자리들에게 말하다
나무에게 말하다
이슬에게
일몰의 침묵에게 말하다
아이들에게 오래 말하다
세상의 저녁 독창으로 말하다
세상의 아침 합창으로 말하다
지는 꽃에게 말하다
오랜만의 벗에게 말하다
누구의 무덤에게 말하다
섬에게 말하다
한밤중 추운 별들에게 말하다
아내에게 말하다

미래여 옛날이여 여기 오라

행복이여 호젓하여라

누가 알랴
시베리아에서 오세아니아까지
몇날 며칠 밤으로 낮으로
한 떼거리 철새들 절망 없이 하늘 건너간다

누가 알랴
저 유라시아 서녘에서
동아시아까지
동아시아 지나
알류산열도 밑 북태평양까지
자전(自轉)의 행성 편서풍 쉬지 않고 건너간다

누가 알랴
세상의 바다 해류 조류 무릅쓰고
몇년 뒤의 먼 고향
한 생애를 바치는 늙은 연어떼 물속으로 건너간다

이제 누가 알랴

한반도 한뙈기 밭두렁

해 뜨고

해 지는 내내

밭 일손 놓지 않고 등 굽은 아낙의 삶이

눈먼 세월을 건너간다

누가 알랴

누가 알랴

행복이란 고단한 삶과 죽음 말고

다른 곳에 없다는 것

정작 행복의 찰나는 모른다

호미 놓고 숨 고르는 저 건너 산그림자

그 산그림자 건너

여기 저문 해 남아 있는 비탈

아기 젖 먹이는 엄마의 행복은

다른 곳의 휘황찬란한 환락을 모른다

행복이여 이토록 호젓하여라

노래하노니

내 쉬지 않는 핏줄로 피로 노래하노니
제발
나의 행복이
소말리아의 불행이 아니기를
나의 행복이
캄보디아의 행복을 빼앗아온 것이 아니기를
또는 이웃 나라의 행복이
우리나라의 불행이 아니기를

바람 부는 날
내 발등과 손바닥으로 노래하노니
모든 압승(壓勝)이여 폭리(暴利)여
모든 참패(慘敗)여 절량(絶糧)이여
가라

불행이여 가라 함께 행복이여 너도 가라

'그러나'의 노래

어제는 흰 구름이 다녀갔습니다
어떤 반대도
어떤 이의(異議)도 하찮은 날이었습니다
오늘은 어떤 날인가요

새의 날개들이 퍼덕여 깨어납니다
바람이 옵니다
'그러나'는 불편합니다
밤이 옵니다
탄식 같은 상현달이 진 뒤
별들의 의지가 앞으로 나섭니다
빛나는 어둠속
'그러나'는 불온합니다

내일 아침 곧 스러질 단명의 이슬들이 완벽할 것입니다
'그러나'는 무례할 것입니다

온갖 해답과

더이상의 회의가 무효가 되고
온갖 결실과
더이상의 모색을 사절하고
온갖 묵인과 순종으로 해가 집니다
온갖 막강한 제도로 해가 뜹니다
늙은 비구가
밤 지새운 촛불을 끕니다
언제나 '그러나'를 묵살합니다

그러나!

몇천년의 죽음과 삶이 우연으로
수많은 진리가 필연으로 왔습니다
오직 나의 진리만이 진리라고
여기저기서
아픈 아기 울음소리처럼
교활한 환생(還生)처럼 소리쳤습니다
차라리 동굴 속의 캄캄한 부재는

무언(無言)이 진리였습니다
그 동굴 밖에서
수많은 사실이 사실의 사냥감을 찾아나섰습니다

너무 많은 교훈에 율령(律令)에
나의 동서남북은 막혔습니다
너무 단단한 사상들에
나의 하루살이를 바쳤습니다
너무 긴 부(富)로 기만으로
세상은 길고 긴 가난입니다

아흐
저 푸른 하늘조차
저 한밤중 전무후무의 은하수조차
지상의 권세로 푸르렀습니다 하얀 모유였습니다
그러는 동안
삶은 더 많은 시체를 쌓아올렸습니다
몇백억이 파묻혀

흙이 되었습니다 망각의 물이 되었습니다
역사는 그칠 줄 모르는 폭력의 난무에 눈감았습니다
아니
역사는 자주 폭력의 실체였습니다
나의 피리 소리는
끝내 저주받았습니다
나의 노래는 끝내 추락하는 축복이었습니다
그러나 '그러나'는 기어이 불멸입니다

은인자중의 마그마 솟아올라
그동안의 미혹(迷惑)과
그동안의 안일과
그동안의 시장의 타성으로 살아온 날들을
더이상 참을 수 없습니다
나는 나의 체념을 파냅니다
나의 누습(陋習)을 팽개칩니다 나의 질퍽이는 겸양을 덮
어버립니다

그렇습니다 그렇습니다를 멀리 내쫓아버립니다

내가 만난 외로운 진실을 기억합니다
'그러나' 없이 일어설 수 없습니다
'그러나'
'그러나' 없이 숨 쉴 수 없습니다

그러나!

내 과거의 낭떠러지에서 나를 기다리는 미래를
어떻게 '그러나' 없이
'그러나' 없이 맞이하겠습니까

그러나!

고별합니다
모든 이전의 모순이여 가라
내 미래에 쌓일 유산이야말로

이제 나 자신입니다
다시 고별합니다
모든 이전의 야만이여 가라
천년의 원근법을 벗어나
여기 우리의 숭고한 미지를 동경합니다
'그러나'로부터
그 미지의 시대가 얼마나 찬란한가를
청춘의 애욕으로
맹목의 예지로 예감합니다

나를 씻어냅니다
역사를 씻어냅니다
행여나
나의 꿈조차 오염된 묵은 원소(元素)가 아닌지 몰라
꿈조차 씻어냅니다

아흐 하나하나가 자신의 정신이 되고
하나하나가 자신의 지고(至高)의 물질이 되는

그날의 하늘을 우러르며
오늘에 닿아 있는 칠십년을 보냅니다
오늘을 떠나는 칠십년을 맞이합니다
어느 칠백년의 기원(紀元)을 향해 출항합니다

'그러나'의 미지의 파도 소리가 우리의 수평선입니다 우
리의 노래입니다

---

* 2015년 11월 1일 빠리 유네스코 본부에서 열린 유네스코 창설 70주
년 기념 '고은 시인 시 낭송회 및 음악가 양방언 공연'의 주제시임.

두만강 어귀에서
송호근에게

오래 다른 곳을 모르는 곳
다른 곳이 모르는 곳
여기
두만강 어귀

여기 와서 귀먹어라
귀먹어
돌아가지 않은들 어떠리
돌아간들 어떠리
누구의 제사도 없이
낮이건만
어디에 낮달이랴

설사 백몇십년 뒤의 여기
무지무지한 굉음의 날일지라도
어제같이
그제같이
흐린 날의 국경역

잠든 하쌴으로 건너가는 기적 소리 벙어리였다

내 발등 좀 보아
이토록 살아온 것이 가난일 줄이야
눈썹도 눈도 부끄러워라
누가 여기를 보는가
저 세곳의 한곳을 내가 가만히 본다

저 마을 그 이웃 마을 거기가 좋아
울음이나 노을 속
먹는 날로
굶은 날로
아이들이 자라난다
솟대 없어도 좋아
무엇 없어도 좋아

쓰레기

낮달
가는 기러기떼
단군왕검의 생모 웅녀

이러한 이제와 예에 뉘우친다
쓰레기 모르는
그 세상에 뉘우친다

나의 팔십여년
팔만 사천 쓰레기
팔만 사천 쓰레기 노래

오늘도 쓰레기 두보따리와 쓰레기 노래 몇편을 내다놓
는다

3차 뒤

화난 택시가 섰다 내렸다
여기가 어디여 하고
취한 천경자 여사가 토한 뒤 물었다
나도 모르겠소
하고 대꾸하고
못 참은 펄꺽지*를 하였다
왕십리인지
답십리인지

이로부터 정신이 시작되었다 현실도 시작하였다

* 딸꾹질의 고향 사투리.

밤

동굴 안에 불을 놓아 어둠이 나갔으리라
언제런가
번갯불로 얻은 불로
산불로
불의 세상을 열었으리라
해 진 뒤의 긴 밤이
불빛으로 얼마씩 얼마씩 줄어들었으리라

어머니는
조상대대의 혼백으로 불씨를 지켜냈다
다음 날로
다음 날 밤으로 이어질 불씨를 잇지 못하면
며느리는 쫓겨나갔다
불을 이어가는 것하고
핏줄 이어가는 것하고 하나였으므로

밤은 불빛으로 핏줄을 깨우고
낮은 묻은 불씨로 핏줄을 재웠다

관솔불은 솔굉이를 따다 밝혔다
불빛은 탁하고 불똥은 제법이었다
그을음이 진해서
잠든 젖먹이 콧구멍이 금세 검댕으로 찼다
참기름불
들기름불
아주까리불의 접시에 걸친
심지불은 해맑았다 혼례 날 치른 첫날밤다웠다
언제 그 불을 끌지 말지
바깥 어둠속에서 그런 밤에 뜬눈으로 남는다

이런 세월 촛불은 너무 거룩하였다

사기 등잔 호롱불에는 석유를 담았다
심지를 돋우면 불빛이 갑자기 커졌다 눈망울이 놀랐다
아버지는 장화홍련전을 더 큰 소리로 읽고
어머니는 그 이야기책 신명에 빠져

이를 잡았다
서캐도 눌러 죽였다
어머니의 손톱과 손톱이 만나는 소리가 그칠 줄 몰랐다

이런 밤들이
등잔 밑이 어둡다는
맹자님 말씀을 낳았다

어쩌다 남포등불은 제삿날 밤이나
집안의 큰일 치르는 밤에 달았다
사각 유리등
양증조할아버지 제사상 물리고 가는 길을
처마 밑에서 정중하게 밝혀드렸다
그런 뒤에도 마을 전체의 어둠을
그 불빛 하나가 남아 뚫어지게 본다
어찌나 그 밤들은 신령스럽던지
어찌나 그 밤들은 귀령스럽던지
그러므로 밤은 멈추고 낮이 되면 슬슬 움직였다

1942년에 외갓집에 가서

외할아버지 외할머니의 큰방과

외삼촌 외숙모의 윗방 벽 구멍에

삼십촉짜리 백열전구가 달려

두 방을 비추었다

시렁의 라디오에서는 일본 군가가 들렸다

나는 그 불빛으로

외삼촌의 책 단눈찌오『죽음의 승리』를 읽었다

1945년 봄부터였던가

외갓집 두 방의 전등불빛은

온통 문마다 검정 기름종이로 불빛이 새어나가지 않았다

걸핏하면

싸이렌 소리가 왔다

낮에는 미국 비행기 B-29가 흰 날개로 지나갔다

밤도 낮도 더욱더 불안했다 굶는 끼니때가 늘어났다

1965년쯤

고향의 어머니는
오십촉짜리 전등 아래에서 혼자 지냈다
그 전등알에는 파리똥이 몇개 앉아 있었다
어머니의 그림자가
방 아랫목 바람벽 횃대에 걸쳐 있었다
그런 전등불빛으로
밤은 비현실주의였고
낮은 현실주의였다
낮에는 낮달이 어디엔가 숨어 있었다

1970년대에는 형광등불 아래
잠든 사람과
죽은 사람을 구별할 수 없었다
하기사
자유는 죽었고
독재는 살아 있었으므로
1980년 5월
육군교도소 특별감방 한평 반 밀실에서는

삼십촉 백열등이

꺼지면

숨 막히는 사진 현상 암실이 된다

쥐새끼라도 있으면 좋았다

그래서 이 방에 있다가

나에게 내주고

서대문으로 가 목을 맨 김재규의 귀신을 불렀다

아니

저 아랫녘 원혼들을

그 어둠의 희망 속에서 불렀다 절망이라는 것도 희망이

었다

그러다가

그러다가

그러다가

새 세기의 포스트모더니즘이 왔다 갔다

할로겐 등불이

정체불명을 비추었다

설렁탕

종로 4가 5가를 도닐다가 출출해졌다
동대문 밖
납작한 설렁탕집으로 들어갔다
새벽 어스레가
곧이곧대로
저녁 어스레로 침침하였다

내 마음속에나마 새끼손톱만 한 등잔불 하나가 밝혀졌다

생전의 장모님이
내 앞에 마주 앉으셨다
저승이라는 곳이
허물없이 이승이기도 하다

장모님은 한여름에 입으시던
조금 걷어올린 세모시 치맛자락 끝으로
버선발이 젊으셨다
장모님은 당신의 설렁탕 국수사리 밑에서

고기 한점을 건져
내 그릇에 가만히 넣어주셨다

내년에는
스페인이라는 나라 옆
포르투갈이라는 나라에 가 있게 되니
얼마 동안 뵙지 못하겠다고 아뢰자
어느 세상이든
몸 성하기 바란다는 것과
밤길 조심하라는 것을 말하셨다

반시간이었던가

홀연 장모님과 장모님 설렁탕이 없고
내 설렁탕 그릇이 혼자 있다 배는 채웠으나 넋은 비었다

육개장

음력 동지섣달에 들어선 날이었다
어디선가
새로 샘물 하나가 생겨나는지 모른다
친구 송기숙은
칠팔월에도 두꺼운 내의를 입는다
나는 십일월에나 입기 시작해서
이듬해 입춘 우수 경칩을 미안스러이 보낸다

목이 칼칼하거나 컬컬하면 특별히 육개장이다
다 마다하고
생전의 어머님하고
함께 육개장집에 들어갔다

십구년 전에 돌아가셨는데
오늘은
서른네다섯 무렵의 젊은 어머님이셨다
남색 치마에 옥색 저고리를 입으신
열몇살 적의 어머님이셨다

그 어머님이
어린 나에게 어른들의 육개장을 먹이셨다
두 심부름 중
하나는 까먹고 돌아온 것
다시 꺼내어
또 그러면 혼난다 하시며
내 육개장 국물 후후하고 불어주셨다
그런 어린 내가
어른이 되어
십구년 전 돌아가신 어머님이
어머님이신지
아버님이신지 모르는 모습으로
어머님 육개장과 내 육개장이 마주 놓여 있다

나는 언제까지나 아들이면 되었다

꿈

삼가
저 강물의 꿈을 안다
저 평안도
강원도 산골짝 각각의 시냇물로 시작하여
서해안 곡창의 들녘을 가로지르며
밤낮없이 흐르는 긴 행로 내내
남몰래 간직해온 꿈을 안다
저문 강물이
남은 윤슬 희번덕이다 아쉽게 지워질 때
새로 생겨나는 첫 물결에 뒤집혀나올 뻔하다 만
그 꿈을 안다

기필코
절벽 만나
열두길 폭포가 되는 꿈을 안다

다 부서져
뇌도

오장육부도 무엇도 없어져

폭포가 되었다가

폭포가 죽어버리는 폭포 소리의 꿈을 안다

부서지고 부서지고

또 부서져

다른 강물의 지친 하류로

마침내 밤바다에 다 주어버리는 그 텅 빈 꿈을 안다

이에 앞서 강물은

이미 흘러오는 세상의 다른 꿈들도 다 안다

밥

만약 내가 한번도 굶주려본 적 없다면
나는 삶을 몰랐을 것이다
굶주림이 시작
굶주림이 시작 이후

오늘 저녁 밥 한그릇 앞에서
나는 내 삶을 만나고 있다

저 노을 뒤의 저문 수평선에서
여기까지
파도들은 부서지며 부서지며 오고 있다

2016년 이른 봄

기운 햇볕에 두 볼을 쪼인다 곧 그늘진다

아직도 노래할 것을
노래하지 않았다
이것을 두고
저것을 노래하였다
저것을 두고
이것을 노래하였다

내 삶은 누가 보아도 3분의 1 미달이다 83세의 하루가 저
물었다

저 아래

올라가고 싶지 않은 오래된 위가 있다
거기는
삼선개헌 결사반대의 군중이 내지르는 구호가
닿지 않는다
거기는
이튿날 삼선개헌 찬성의 어용단체 시위의
느린 함성이 닿지 않는다

내가 생각을 바꿔
그 무용지물 같은 위에 올라갔을 때
저 아래의 소리들이
내 이백배 삼백배의 고막에 와서
배경을 이루었다
먼 허공의 중력파 속
남에서도 북에서도 지워진 임화의 시 한줄도 섞여 있었다
혜란아 너 지금 어느 곳에 있느냐

아기에게

아가
사명은 놀지 못하게 한다
사명은
밤에 눕지 못하게 한다
아가
사명은
폭풍에 몸을 바쳐야 한다

아가 네 배냇웃음 네 옹알이는
네 열살에는 없단다 그때부터 너는 사명의 몸종이란다

블라지보스또끄를 떠나면서

의의(意義) 사절
보뜨까 마야꼽스끼 한병을 비웠다
혼자가 아니라 둘이었다
각각 반병 어름
다시 한병을 허장성세로 청했다

그뒤의 기억은 없다

이튿날 2주간의 시베리아 열차 속
온통 자작나무 단풍 속으로 가고 있었다
어긋난 뼈 한두마디 맞췄다
쓰린 오장육부에
찬물 서너병을 넣었다

그때에야 너무 늦게
녹슨 사명으로
떠나온 블라지보스또끄를 그렸다
어제의 불청객 의의가 왔다

18세기 북관 아바이 식솔들
하루 굶으며
이틀 굶으며
헌 솜이불하고
솥단지하고
오곡 씨앗 주머니하고
늘 구슬픈 마음속에는
증조할머니
할아버지
아버지
어머니 제삿날하고
아리랑 아리랑 아라리요하고
동네 이정(里正)네 노마님한테 얻어들은
가갸거겨하고
거무튀튀한 추운 두만강 물의 밤
몰래몰래 건너
연추니
나오뜨까니 하다가

못 살 데
못 살 데
어찌어찌 해삼위 신한촌
도야지울 모둠살이 막살이 일구었다
머릿수건 쓴
멍청하게는 흰 무명옷 수절(守節)로
밭두렁 일구었다
그런저런 선대 동포 남녀노소를 내 방자한 숙취(宿醉)로
그렸다

그뒤로
이상설
이동휘에 이어
안중근의 무명지 한도막씩 끊어
그것으로 혈서 동맹을 서약한 뜨거운 밤을 그렸다

해조신문(海朝新聞)도 그려보았다
장지연 장도빈도 그려보았다

김알렉산드라

스딸린 시절이 와

끝내 총살당한 조명암을 그려보았다

이르꾸쯔끄 고려공산당대회와

여운형이

레닌을 잠깐 만난 것을 그려보았다

코민테른

코민포름 그늘 속의 동방약소민족대회를 그려보았다

속으로

속으로

속으로

그것을 빼앗겼을 때 잃어버렸을 때

오는 것

찾았을 때

가는 것

그 민족주의가 이토록 목 타는 날들이었다

아쭈

숙취 구실 삼아
이런 동포의 연해주를
이런 극동 시베리아를
감히
내가 살았던 것처럼 그려보았다
아니
후대의 내가 아닌
그 당시 당대의 주인공일지라도
그이들 또한 세월 속에서
나와 어슷비슷한 지난날들의 추상이었으리라

세월은 세월의 화석을 남긴다

나의 근대사
어쩌면 이다지도
옛사랑의 소맷자락으로
있으나 마나 한가
나의 근대사는 나를 거부하고

나는 나의 근대사를 함부로 지워버렸다

차라리 두 병째도 비운
그 인사불성이 무죄일까
어허 동행의 서백(西伯) 김동수 형
자네라도
무슨 말 좀 해보아

다시 블라지보스또끄에서

왜 나는 사랑하는 사람만 사랑해왔는가
놀라운지고
블라지보스또끄 부동항에
미 해군 함정이 닻을 내렸다
성조기가 얌전하게 나부끼고 있다
뿌띤의 러시아 함정 몇척이
태연자약으로 정박하고 있다

과연 다른 시대의 풍경이다

왜 나는 일진회 두목 이용구를 아직껏 미워하는가
그나마 조선을 팔아먹은 액수를 비싸게 불러
싸게 부른 이완용보다는 낫지 않은가
왜 나는 이완용을 죽어라고 미워하는가
나 살아생전
그들을 사랑할 날 끝내 없는가
왜 나는 사랑하는 사람만 사랑하는가

또다른 시대의 고백이다

또다른 시대도
기어이 똑같은 시대라면
왜 나는 김일성을 사랑할 수 없는가
왜 나는 그 아들과 그 손자로부터
멀리
멀리
서로 불러서는 안되는 이름인가
사랑 아니라면
혀 끌끌 차며 안쓰러워할 노릇 아닌가

왜 나는 어느 육군 소장들을 증오하고
어느 예술가를 혐오하는가
또 어느 시러베아들놈을 사랑할 수 없는가
왜 나는 오십년 동안이나 그 이상이나
사랑하는 사람만 사랑해왔는가

사랑은 혼자 하는 것이 아니라
둘이 하는 것
둘이 절반과 절반 이상으로 하는 것
사랑은 흉한 이익이 아닌 것
찬란한 손해 그것
죽어
오백년 뒤의 나
사랑하고
미움하고
아니
사랑하고
정의하고
그런 것의 망상하고 다 놓아버린 바다

해가 진 바다
저승이고 이승인 파도 소리

왜 나는 사랑할 수 없는 사람을

내 90세로도 사랑할 수 없는가

진술

　나에게 청사(晴蓑)*의 공심(公心) 절반만 있어도 얼마나
좋을까
　그가 80년대 '당파성'을
　지공무사(至公無私)로 에둘러 풀이할 때
　그 지공
　그 무사가
　나를 밀어낸 것은
　그 누구도 아닌 나 자신인 것

　물론 이 판결 최후진술로는
　나에게도 공심의 세월이 좀 있었다
　그러나 무릇 공심이란
　점
　점
　점
　지칠 줄 모르는 흐르는 물의 선(善)인 것

　나는 공심에 숨 막혔다

나는 사심에도 숨 막혔다
광장에도 광장의 허위
내 골방에도 골방의 허위가 출몰하였다

1980년 내란음모죄 기결수로
내가 혁수정 차고
육군교도소에서 대구교도소로 이감한 뒤
내 고막 수술을 내걸고
단식 12일 만에
순순히 내 요구를 받아들여
서울구치소 수감
국군통합병원 이송
서울대병원 김종선 집도로
네 시간 수술
인조고막을 부착했다
그 주치의는 수술 뒤로도 손 놓지 않고
통합병원과 구치소 의무과
후속 치료를 마다하지 않았다

그 수술 아니었으면
나는 없어진 청신경 다음 뇌신경 장애였다

이 옥중 수술 허락은 전적으로 보비 샌즈 때문인 것을 알
았다
알면서 괴로웠다
1980년대 초
북아일랜드 벨파스트 IRA 지도자
보비 샌즈 66일 단식 절명
그의 동지 아홉명도 절명
대처의 잔악이
온 세상에 드러났다

바로 그 절명의 은택으로
동아시아의 내 귀 하나가
청각 없이 살아났다

보비 샌즈는 공심의 단식이었다

나의 단식은

철두철미 사심의 짓이다

나의 삶도 문학도

필경 공심 아닌 사심의 짓이라면

나 죽은 뒤의 내 사심이야

세상의 공심에 즉각 묻혀야 한다

묻노니 천하의 공심(公心) 혹시 공심(空心) 아닌가

* 백낙청의 호.

무덤과 더불어

내 10대
내 30대는 매양 무덤 중독이었어
어린 시절
고향의 백두개 공동묘지
그 저녁 어스름에 나는 거기 있었어
도깨비 새끼 운운으로 아버지한테 혼났어
20대
통영 미륵도 공동묘지
거기도 내 호젓한 곳이었어
30대
제주도 사라봉 공동묘지
거기서는 통금 없는 한밤중
3차 4차 끝에 내가 잠든 곳이었어
새벽녘 지네한테 물려서 깨어났어
서울 망우리 최학송 계용묵의 무덤도
누구의 무덤도
한동안 남몰래 단골이었어

무덤과 무덤 사이
거기 가
가만히 누워 있으면
무덤 속의 누가 도란대는 소리 들을 수 있어
어느날은
무덤 속의 누가
나에게도 몇마디 속삭여주는 날이었어
애욕도
권세도
보름달 없이도
그런 날은
생이 생 이후로 넉넉한 날이었어

뿔 발레리 투로
의제(擬制)가 사실보다 더 드높았어
그러나
지금은 의제도 사실도 연좌제로 퇴화하고 있어
서정시도 서정시의 무덤 속에 있어

제2부

장편 굿시

초혼(招魂)

달이더이다
달밤이더이다
온통 달빛 누리이더이다
달밤이면
내 어머니 내 누이 저승에서 찬란한 머루 눈빛 살아 돌아
오시랴
달밤이면
저 하잘것없는 벌레도 미물도 두런두런 깊으나 깊은 넋
으로 영통하시랴

달
팔만 사천년 전에도 하마 이대로인 달
구만 구천년 후에도 하마하마 이대로일 달
허허 달
달이더이다
달밤이더이다

이런 달밤 서른세살 나이로

그 막막하던 시절 자진한 시인 소월
조선의 넋
조선의 얼 소월
그가 생전의 달밤에
백년이나
천년이나 서린 한의 혼령들을 불러들여
서러이 서러이 피울음을 바쳤으니
이름하여 초혼! 넋 부르기 그 아니던가

산산이 부서진 이름이여!
허공중에 헤어진 이름이여!
불러도 주인 없는 이름이여!
부르다가 내가 죽을 이름이여!

심중에 남아 있는 말 한마디는
끝끝내 마저 하지 못하였구나
사랑하던 그 사람이여!
사랑하던 그 사람이여!

붉은 해는 서산마루에 걸리었다
사슴의 무리도 슬피 운다
떨어져 나가 앉은 산 위에서
나는 그대의 이름을 부르노라

설움에 겹도록 부르노라
설움에 겹도록 부르노라
부르는 소리는 비껴가지만
하늘과 땅 사이가 너무 넓구나

선 채로 이 자리에 돌이 되어도
부르다가 내가 죽을 이름이여!
사랑하던 그 사람이여!
사랑하던 그 사람이여!

이 절창 이 애끓는 절창 말고
그 무슨 잠꼬대이리오

그 무슨 넋두리이리오
오직 청청한 달빛에 이내 심신 자늑자늑 쓰러질 따름
오직 울다가 울다가 지쳐
내 그림자 적막강산 한 모퉁이 훠이훠이 돌아설 따름

사실인즉 이 초혼이 저 관동대지진으로
왜인에게 죽어간 조선 동포 원혼들을 부른 넋두리라 하
거니와

소월의 이 비장한 초혼곡 삼가 잇대어
너와 나 더불어
불러야 할 혼령 각위 하늘 아래 엄중하여라
아직 돌아설 때 아니어라
오소라
오소라
혼령 부를 임 오소라 혼령 불러 간절히 간절히 울어 예어
위무하올 임 오소라

옛날에 달 밝으매 떡 치게도 밝다 하실진대
과연 떡 치게도 밝으셔라
달밤이더이다
달밤이더이다
떡 치게도 밝으셔라
볼기짝 엉덩짝 궁둥짝
찹쌀 서른세말 찰떡 쳐
휘영청 밝으셔라

허나 이 소리판은 여느 소리판이 아닌지라
함부로 넉살부릴 풍자 익살 음담패설 그런 소리 아니나니
휘영청 밝으셔라
얼뚱아기 숨소리도 새근새근 들리는 듯 마는 듯
진작에 가신 증조할머니 귀 닫으신 듯
삼라만상 괴괴하여라
허허 달도 밝으셔라
겹겹옷 다 벗은 듯 밝으셔라
심봉사도 눈 뜨시는가

당달봉사도 눈 뜨라 하시는가

달밤이더이다

허허

오직 달이더이다

더덩실

더덩실

허공 무한 중에 그냥 달이더이다

이 달밤

이 산비알 자시 축시 인시에 이르도록

왔다 가시는 누대 천년 귀신들

조상귀신들

지국총 지국총 배 저어라 지국총

샛별이 등대란다

학생부군들

현비 남평문씨 덕수장씨 변씨 방씨 나귀 타고 끄덕끄덕

만고열녀 청평김씨 신위

생전 미투리 사뿐사뿐 사후 당혜 신고 나빌레라

자손의 정성스런 만반 제수 흠향하옵시고

트림 한번 내보이시고
어서 가세나 어서 가세나
이승 걸음 납시는 길 환히 트인 달밤이라
어디 그뿐이랴
저 상고 시절 환웅 부인 웅녀의 자손
잠든 곰의 잠꼬대
반달곰의 반달가슴 그 반달도 밝으셔라

저 궁창 무한천공 어느 거처
저 삼십삼천 도리천 위
도솔천 내원궁의 어느 보살 치렁한 내실 잠 못 이루어
휘영청 깨어 있느뇨
그도 아니거든
저 옥청 상청 태청 삼청세계
아홉 신선 삼천년의 긴긴 잠
이제야 부스스 깨었느뇨
허허 달이더이다
달밤이더이다

삼십삼천 그렇다 치고

삼청세계 이렇다 치고

이 사바세계 지상인즉

이 달밤에 어느 누구

저 혼자서 호젓이 깨어 있느뇨

아서라 서생원 막내 새끼 쥐 한마리 숨지 못한다

아서라 장끼 한놈 고개 박고 숨지 못한다

달밤이더이다

달밤이더이다

이런 밤 저승길 가던 어느 혼령

가던 길 멈추어라

어느 처자 가련한 혼백 달밤 박꽃 같은 혼령

가던 길 돌아서서

하도 서러워라

하도 서러워 아득하여라

두고 가는 이승 억울하고 아쉽고 원통 절통하고 하도 하
도 아쉬워라

　개똥밭도 저승보다 낫다고

아쉽고 아쉬운 이승이어라
과연 옛날 옛적 한 가객이 거하였으니
그 이름 월명이라
행여나 소월 전전전생 전전생 전생이신가
행여나 소월 넋 소월 얼 소월 한의 그 절절한 전생이신가
전생다생이신가
그 이름 월명
달 밝은 밤이사
영락없이 피리 소리 월명의 피리 소리
달 밝은 밤이사
영락없이 읊조리는 시 월명의 시
그 애끊는 소리
그 낭랑한 소리에
서천으로 가던 달님
그 걸음 딱 멈추시어 귀 기울이시니
어허 십만억국토 서방정토 저승길 머나먼 길
떠나간 내 누이야
저 달 보면

저 달 속에 너 있구나

필 닐리리 필 닐리리

달밤의 월명 오랍 그 피리 소리 그 애간장에

멈춘 달 다시 어서 가자 걸음 재촉하니

삼십삼천 아득한 길

어느새 이십팔수 신새벽에 다다라서

필 닐리리 필 닐리리

휘영청 항아 월궁

뭇 생령들 새벽꿈에 현몽하는가

뭇 망령들

북망산 초개 무덤

현고학생부군

현조비 아무 성씨 각위 각각등 보체

여기저기 우세두세 깨어나니

아직 제 거처 정하지 못한

나그네 중음신도

여기저기 쭈뼛이 고개 드니

그 무주고혼 영가들도 달빛에 혼령 씻어

이 세상 사바세계 도로 납시는 날 있으리이다
달밤이더이다
달밤이더이다

할!
바로 이때 저 달빛 넘치는 서해 인당수 어름
그 난바다 위 해인삼매 중
한 찰나가 홀연 솟아
억! 하노니
한 찰나는 1초를 75로 나눈 것
즉 75분의 1초 그것
1찰나가 120이면 1달찰나
1달찰나가 60이면 1납박이라 하더라
그런데 30납박이면 1모호율다
이를 30곱절 하면 하루일러라
하루의 낮과 밤
한달은 서른 낮밤
일년은 열두달

그런즉

1달찰나는 1.6초

1찰나는 0.013초

만사 제치고 이런 찰나 중에

내가 왔다

휘영청 달빛 타고 내가 왔다

내가 월명이다

내가 곧 소월이다 소월의 후신이다

있으나 없고

없으나 있는 그 무슨 화신으로 왔다

구원겁래 하늘의 이법 이래

땅의 기운으로 왔다 안개 는개 기운으로 왔다

기!

봄바람 한 자락

진 잎새 바스락 뒤집히는

가을바람 소슬바람 한 자락으로 왔다

억!

억! 소리에 백번이나 오고 또 왔다

북풍한설 잘 들어라

내가 왔다

내가 누구더뇨

나 옥황상제

나 제석천

아니 도솔천 내원궁 좌상

나 천제

나 환인

나 천지신명의 지엄하올 분부 받자와

나 지상 고려강토

하고많은 되파도 왜파도 침노하고 양파도 덮친 땅

짝 갈라선 땅

죽이고 죽은 땅

아니 죽고 죽인 땅

왜파도 앞잡이 양파도 앞잡이 떼 지어 다니며

고대광실 구중궁궐 지어놓고

내 핏줄 천만 동포 모르쇠하는 땅

허나 이 땅이 어디 그따위 몹쓸 행악으로 끝장나랴

아니로다

아니로다

휘영청 달도 밝다

달밤이더이다

달밤이더이다

이 찰나 홀연

치욕의 때가 다하고

영광의 때가 이르니

이 달밤이 예사 달밤 아니고

새 기운을 토하는 영광의 밤이라

용화의 땅

후천의 땅

무위진인의 땅

동방 천시(天市)의 땅

화엄의 땅

천년공화연방의 땅이고저

내가 심부름하러 왔다 왔어

이 사바세계 모진 악귀 모진 재난 다 내쫓아

만사형통의 땅이고저

손에 손잡고

치맛자락 치마 말려 강강술래 둥근 춤 추러 왔다

월명 씨가 시를 짓고

소월 씨가 시를 읊고

내가 음으로 양을 부르고 양으로 음을 안아

덩실 더덩실 춤추러 왔다

내 일찍이 도솔천 선부 천궁

그 거처에서

천상 칠보 난간에 기대어 꾸뻑 졸던 중

천상의 한 찰나가

지상의 기만년이라

몇 찰나 졸다 깨어나 하품하니

저 아래 만냥판 같은 구름장들 문득 쉬쉬하며 다 날아가
더이다

내 짐짓 내려다본즉

아서라

사바세계

숫제 아수라판

약육강식

검은 기름 차지하려고

마구 포탄 쏘아대는 침략 전쟁판

숫제 아비규환

아서라

여기저기 송장 나뒹구는 모래판

아서라 아서라

피잔치는 돈잔치요 총잔치 폭탄잔치

과연 저 사바세계

난리로 날 새고 난리로 밤이 드니

아서라

다시 한번 내려다보니

아서라

아직도 풀지 못한 원 덩어리

아직도 재우지 못한 한 응어리

아직도 마치지 못한 원과 한

아직도 마르지 못한 원한 원한 사무친 원한이
산을 이루고 골을 이룬
저기 저곳이 어드메뇨

저기 저곳이 아 동방 고려강산일 터

어서 내려가 저 원한풀이 해원굿 벌일지어니
어서 내려가
소리판 벌여
차일 치고
상 차리고
북 울리고 설장구 소리
화선지 합죽선을 활짝 펴서
내 뼈 마디마디 우짖어
내 살 구석구석 우짖어
소리공양 올릴지어니 작두 타고 춤출지어니
저 원혼 한령 삼가 위무하고
저 생령들

이날 이때까지 갖은 난리 갖은 고액 견디어낸
뭇 생령들 뭇 자손들
고려 백성들 힘껏 독려하고저
어서 가자
어서어서 내려가자

쿵!

삼십삼천 이십팔수 쏜살인가 번개인가

쿵!

내가 왔다 내가 천지신명 받들어 내가 왔다

쿵!

이 나라가 어디인가
북으로 아라사

서으로 명 청 중이라

동으로 현해 넘어 하오리 왜족이라

남으로 남으로 대양 건너 합중제국이라

이런 세력 에워싸

서로서로 각축하는데

갖은 고난 다 받아서

식민지 설움일 때

갖은 곤궁 다 만나서

구호물자 설움일 때

이런 도탄지경 바닥 쳐 일어서니

비록 분단 면치 못하나 떨쳐 일어서니

남북이 천리이나

이로부터 서로 만나 천지개벽함이로다

평화 공생 자주 상생

이 강산이

동양 평화 열쇠로다

북으로 백두 천지

남으로 한라 백록

머리에 물을 인 땅 그 아니 기이한가

삼천리 금수강산 본태평 이루어지이다

때는 바야흐로

오곡백과 대풍이라

단풍 구경 갈거나

임 만나러 갈거나 임 만나 허리 감겨 감창 불러 놀거나

화려강산 하처인들 천하 명승 아니리오

이 고려 땅 백두대간 남으로 남으로 내려가니

단풍 소식 내려간다

물 건너 저 탐라국

설문대할망 두 다리로

한 발은 한라산에 한 발은 추자도에

가랑이 쫘악 벌렸으니

거문도 완도 진도 거제도 미륵도

냉큼 본토 북으로 북으로 올라가는 꽃소식이다

이 봄에는 남에서 북으로

저 두만강 녹둔도 회령 남양 북간도로

가는 꽃철 찬란하다

봄이다 봄꽃이다
가을이다 가을 단풍
이다지도 눈부신 손님
언니 올케 수놓아라 얼씨구절씨구 수놓아라

연이나

이런 금수강산 진진찰찰 방방곡곡
천산만학 동천마다
꽃그늘에
단풍숲에
어이 피눈물 숨기리오
묵은 곡성 새 곡성 귀곡성을 가리리오
사무쳐 사무쳐
백년 한 천년 한 된 그 원한 놓아두면
이 강산 인간세상 무슨 도리 떳떳하랴 무슨 사업 이룩하랴
이 원한 그대로 두면
장차 큰 재앙 불러오니

여보게 구 생원

이보시게 하 생원

어서 목욕재계하고

어서 굿판 진설하여 돈독한 위엄 갖추시와

이보시오 강 부인

여보시오 허 처자

어서 소복단장 한 자락 올려

어서 소리판 향촉을 밝히시압

아아 온갖 선남선녀 다 모이시어

지극정성으로

봉청

받들어 청하옵기

저 왜땅 관동지진 난리 속

조선 동포 살육당한

그 처처참참한 몇십만 신위 각위

저 제주 4·3 원혼 십만 각위

저 지리산 한령 수만 신위

저 낙동강 다부원 혈투의 영령 각위

저 거창 참변의 시퍼런 넋들 어린 넋들 신위

저 철의 삼각지 백마고지

모택동고지 스딸린고지 김일성고지 펀치볼 저격능선 산
화한 영령 각위

남과 북 신위 각위

아니 저 일백년 전 우금치 갑오농민군 을미의병 영령 각위

아니 아니 1980년 5월 전모 일당

깡패 군부가 저지른 학살 만행으로 쓰러져간 광주 안팎
민주영령 신위

아니 일년 전

아니 그제

아니 어제

남녘 바다 세월호

꽃 같은 내 딸

잎 같은 내 남편

다 죽어도 아직껏 펄펄한 목숨 원한

어린 신위들

어린 신위 더불은 신위들

그밖의 원통하고 절통한 근대 백세 난리 중에
천부당만부당으로 스러져간 지하의 온갖 망령
일체 망령 각각등 보체
아직도 저승에 못 가신 채 이승의 허공 떠도는 무주고혼
보체
그 얼마나 노여우랴

여기 고려 땅 소리판
만국의 소리 소리 삼가 청하옵고
조선의 소리 소리 삼가 청하옵고
여기 마음 마음 마음마다 정화수에 담긴 초혼 소리 한판
이승 정성 바쳐
삼가 백팔배를 받들어 청하온즉
오소라
오소라
고려산천 천혼만령께오서
오셔서 받으시라
이 위무

이 애틋한 정성이 절절한 심혈
설레이며 바치는 소리제사
이 강토 소리굿판에 오소라
씻김굿판 오소라

만경창파 냉큼 건너
탐라국 제령이여 그대들 오소라
본디 고량부 3씨 벽랑국 아씨 맞아
오순도순 시집살이
미역 따고 소라 건져
문 없이 거지 없이 도둑 없이 살아오며
저 바다가 내 마당
저 바다 밑 내 논밭이라
그중에도 귀한 전복
바다 밑에 두었다가
탐라골 선작지왓
우리 임 내려오시는 날 그때에야 따 오리라
수수 심고 보리 심고

천년만년 살고 지고

이런 시절 지나간 뒤

본토 위세 자심터니 원악도 귀양 터라

탐관오리 갖은 패악 그칠 날이 언제더뇨

차라리 저승섬 이어도로 갈거나

아니로다 아니로다

탐라 기상 떨치는 날

갈옷 중이 갈옷 몽당 우세두세 일어나니

일제 억압 대항하고

해방 조국 대의 앞에 일심으로 단결하니

미군정 경찰 발포로

제주 백성 궐기하니

하르방도 나서고 손주놈도 나섰느니

비바리도 총각낭군도

학생도 공무원도

서북청년 대동청년 무장 경찰에 맞섰느니

이 항쟁이

한반도 방방곡곡 잠든 땅을 깨웠느니

온 세계 약소민족 새벽같이 깨웠느니
바야흐로 새 나라 세우는 데
가장 앞서 깨친 곳이
바다 건너 탐라국 바로 이곳 제주였느니
오랜 세월 육지 폭압 다 받고 다 견디었고
태풍으로 무엇으로
지아비 잃고 자식 잃고
척박한 돌밭 일궈
밭 두르고 밭 가운데 무덤 썼느니
새 베어 지붕 이고
풀풀 나는 화산회토 씨를 묻고 씨 날을까
조랑말 밭 밟으며 답전가 부르는 땅
저 몽고군 맞선 싸움
저 본토와 맞선 봉기
저 외세와 맞선 궐기
다시 새겨보거니와
왜놈판에 해녀 투쟁
해방 조국 분단 획책에 들불 산불 들고일어나니

1948년 4월 3일 제주도민 총파업

한반도 어디에도 이런 역사 없었느니

왜군 대신 미군이라

조국 변방 망망대해 저 혼자 떠 있는 섬

그곳에서 섬 백성들 떨치고 일어나니

관덕정에서 밟혀 죽고

송악산 봉개 조천 표선에서 맞아 죽고

비행장에서 안덕 서귀에서 총살당하니

마구 쏘고

마구 찔러 일묘백인 일묘천인

십만 원령 저주의 땅

저 굴에도

저 밭에도

저 새밭 두렁 거기에도

세살배기 젖먹이 송장

윤간당한 부녀자 송장

목 없는 송장

두토막 송장이며

장대 끝에 댕강 매단 누구의 해골 하나

해 지는 협재 바다 낙조에 물들었느니

이 삼만 원령

이 기만 원혼

이제 와서 그 이름 하나하나 그 누구로 불러보랴

하오나 이대로 둘 수 없느니

이대로 두어 영영 잊을 수 없느니

거기 잠든 영령이여

아니 아니 잠들지 못한 영령이여

영가여 신위 각위여

오늘 이 겨레의 진정에서 나오는 소리

헛바닥 끝이 아닌 소리

주둥이에 달린 소리

그 소리가 아니라

이내 몸속

저 하늘 내원궁

저 삼청

저 환인 천상

그 거처에서 강림한 화신

신 내려

굿 내려

이내 몸속 시커멓게 탄 피로

이내 몸속 새파랗게 번진 피로

이내 몸속 하이얗게 깨어난 골수로

온몸 떨려

작두날 발바닥으로부터

불난 눈시울로부터

염통 허리 애간장으로부터

이내 삭신 아홉 구멍으로부터

이내 복장 일백굽이 소장 대장 결장 맹장으로부터

배달겨레 고려겨레 조선겨레 대한겨레 오만 정성 끌어내어

기어이 나오고야 만 이 소리굿판

이 일월성신의 뜻 내려온 소리

이 삼라만상의 꿈 꾸는 소리

이 겨레의 소리

이 겨레 지하세계 그 캄캄한 어둠 스민 소리

허허 천상 아득히 오고 오는

그 하늘 소리 어우러져

청정한 마음 다 모아

청정무구한 새벽이슬 내린 풀끝 하나하나 다 섬겨

향 사르어 앙청하오니

부디 이 뜻 받자와 해원하소서

이 탐라를 복판으로

북으로 한반도

서으로 중국이라

동으로 일본이라

남으로 유구국이라 월남이라 비율빈이라

동아시아 푸른 바다 서로서로 손 흔드는

그런 날을 부르고저

탐라 넋이여 4·3 넋이여

삼가 오체투지로 앙청 봉청하오니

해원하소서

해원하여 하늘에 임하소서 영령이여 영가여 신위 각위여

일찍이 북 금강 일만이천봉이요

남 지리 일만이천봉이라

일찍이 성당(盛唐) 시인 두보께서

바다 건너 삼한 땅에 하늘에나 사는 신선

그 땅에 내려온 태을선인 노래한바

과연 지리영산 천하 명산 지리산

천왕봉 노고할미 세상을 주재할 제

전라 남북 경상남도 세갈래 산줄기에

수많은 곁줄기 내어 열다섯 열일곱이라

그 사이에 긴 산골짝

피아골 팔십리라

이로부터 진주 남강 낙동강의 한갈래라

서쪽으로 구례 광양 섬진강이 남해런가

내포 산천이라

경기 땅

이내 조국 복판이라

일찍이 하늘나라 선녀가 내려오니

지상 배필 맞아들여 여덟 딸을 낳으시니

조선팔도 각각 보내 그 고장 무당으로

인간세계 신들 잇고 신의 뜻 영매하니

그 천왕봉 노고할미 해마다 제사 받네

예로부터 지리산은 신산이며 명산이라

조선팔도 일천 무당 해마다 모여들어

몇날 며칠 밤을 대굿 소굿 베풀었네

또한 지리영봉 도교의 명산이라

마고할미 삼신산 중 방장산이 이 산이라

불로장생 신선들이 해동 구산 봉래 영주

지리산이 방장이라 해마다 팔도 신선 불러다가 적공하네

또한 지리영봉 불법의 영산이니

본디 대지문수사리보살 거처 삼아

그 아니 더 신령한가

대지문수사리에서 지 자 리 자 두 자 따서

그 이름도 지리였네

그리하여 구례 토지에는 문수 고을 열렸구나

반야봉 영마루에 문수 반야 걸쳤구나

일만 문수 퍼져나가 팔만 권속 법을 펴니

문수보살 묘길상 길상봉도 춤추어라

문수보살 화현할 때 5세 동자 천진난만

칠십 노고할미로 여기저기 나타나니

이 세상이 어지러우면

어찌 이 명산 그저 비워두겠는가

어진 이들 모여들어

장차 올 새 세상을 계량하네

저 피칠갑 갑오년 동학당이 들어오고

일제시대 뜻 있는 선각자들 그들도 들어오고

저 전란 앞뒤로 야산대가 들어오고 혁명가가 진을 치니

신선세계 청학동도 청학 없이 삼엄하고

피아골 단풍 골짝 총포 소리 살벌하여라

옛날 옛적 꽃총각들 놀던 기상

이로부터 조선 승병 한말 의병 웅거하고

여순사태 6·25사변 그 격랑의 한복판에 지리영봉 피 토
하니

지난봄 산수유꽃 눈부시게 피어남도

옛 마을들 빨갱이 마을이라 불질러 태운 자리

그 자리에 산수유 심어둔 그것이라
낮에는 대한민국 밤에는 인공이라
낮에는 태극기요 밤에는 인공기라
보급투쟁 밥해주면 다음 날 빨갱이라
즉결처형 무기징역 남은 가족 흩어지고
토벌대 지시 받아 영락없이 인민재판
이런 세월 서로 죽이니
일천 능선 일만 계곡 피능선 해골계곡
벽소령이 어드메뇨 빗점골이 어드메뇨
화엄사 천은사 쌍계사 불일암이 오늘은 대한민국
어제는 남부군이라
지리산 구례 광양 하동 산청 함양
내 조국 이름으로 청춘을 다 바쳐 눈 뜨고
죽었어라 죽고 죽었어라
시뻘건 잉걸불이 검댕으로 마쳤어라
풀숲에 나뒹군 송장 그 누가 거둘쏜가
썩어 문드러져 비바람에 바랬느니
허허 웃는 해골인가 울부짖는 망령인가

지리산 영령이여

오늘 십만 원혼이여 이십만 원령이시여
오늘 이 소리공양
이내 천상에서 보전한 목소리
지상의 피 흠뻑 배어나고
지상의 눈물 흥건히 괴어나며 외쳐 부르노니
오소라
오소라
영혼이거든 오셔서 이내 몸 팔만 사천 뼈 마디마디에 눌
어붙어
이내 넋 앞장세워
부디 오래 먼지 쓴 망령 형극 벗어나소서
티끌 분분한 소매 끝 뿌리쳐 벗어나소서
이현상 영가여
차일혁 신위여
이제 당신네들 앞장서 벗어나
이내 하늘길 함께하소서

하늘만 한 곳 그 어드메인들 하늘길 함께하소서

저 소나무 저 서어나무 졸참나무 참나무

저 굴참나무 가문비나무 분비나무 물푸레나무 신갈나무
사스래나무

저 단풍나무

저 구상나무와 구상나무 해골

이로부터 지리산 임 지리산 영 대신

저 나무들이 이 산을 길이 섬기리이다

이제 벗어나소서

홀홀 벗어나

가고 싶은 세상 가소라 가소라

가시는 길

긴 앞다리 잘린 듯 뒷다리만의 낭

긴 뒷다리 잘린 듯 앞다리만의 패

이 낭과 패 이 낭패

서로 짝지어 가야

넘어지지 않음이니

이 가을 임들의 원과 한

서로 어깨 걸고 짝지어 가소라
서로 의지가지 가소라
이리처럼 가소라
착한 이리처럼 낭패로 가소라
그리하여 이승 업장 훌훌 벗은 알알이 붉은 혼백
이 가을밤 먼 길 날개 돋아
한 떼 기러기로 가소라
훨훨 십만억국토 지나가시어 고이고이 잠드소서

달도 밝다 달도 밝아
만뢰구적 괴괴하고
월색만 교교하다
서천으로 가는 저 달 그 아니 따를쏜가
과연 이내 넋 낭패 넋 기러기 혼
밤이면 낮을 낳고 빛이라면 어둠이리
고려산천 방방곡곡 산야마다 하천 따라
널린 혼령 삼가 불러
허공중에 상 차리고

달빛으로 불을 밝혀

이내 한숨 향을 살라

소리공양 올리오니

귀명창 활짝 열고 들으소서

저 북 삼팔선 옹진반도 동쪽 바다로 고성 간성

1950년 6월 모일 비 퍼붓는 새벽녘에

여기서도 총소리 저기서도 대포 소리

따다다다 따다다다 인민군 따발총 소리

우르르 쾅쾅 탕탕 우르르 쾅 자주포화

잠 깬 백성 기절초풍

그제야 국군 병사

99식총 조준한들 소련 탱크 밥이로다

이러구러 시작한 전쟁

그뒤로 삼년 넘으니

내외 인명 삼백만이 제물 되고

고려 땅 남과 북 온갖 재산 다 무너지니

산 자 몇이더뇨

남은 것 몇이더뇨

어허 강산은 초토이고 서울 대전 폐허로다

어디 그곳뿐이러뇨

각군 각면 각읍마다 잿더미만 남았더라

서울 밖 행주산성 한강 기슭

뱃사공의 따님 옥순이 삼단 같은 댕기머리

새벽 강물 고기그물 걷으러 나선 아버지 부르다가

아버님 아버어님 부르다가

난데없는 총알 맞아 강기슭 귀신 되었구나

옥순 귀신

늘어나고 늘어난다

불어나고 불어난다

경기도 오산 숯고개

밀려오는 피난 행렬

밀려가는 후퇴 행렬

그러다가 적과 적이 한동안 사격하는데

갓난아기 젖 먹이던 엄마 총알 맞아 풀썩 죽어가니

젖 나오다 멈춰버린 엄마 송장 가슴 파며 우는 아기 처량
하다

그 아기도 울다 울다 지쳐버려

잠이 든 채 엄마 따라 저승밖에 갈 데 없다

죽은 아기 아기 엄마

아가 아가 아기 귀신

아기 엄마 엄마 귀신 영가여

내가 와서 내 가슴속 소리공양 올리오니 들으소서

부디부디 들으소서

허허 아직 달도 밝다

여기가 어드멘가

충청도와 경상도 어름

영동골 노근리

달빛 속 귀곡성이 사무치는 밤중이다

유오남이여

박칠보여

김상태여

김홍수여

양보화여 지만구여 홍태섭이여

후퇴하는 미군 난사로

악 소리

억 소리 한번 못 지르고 피범벅으로 쓰러졌느니

고로 여기가 어디이뇨

지나칠 수 없는 곳

지나쳐서 안되는 곳

그곳 대전형무소 그 감옥 안

좌익수 몇백명 창에 찔려 우물 속 수장 지낸 곳

수복 직전 우익 인사

무더기로 학살하여 시체 더미 산더미 쌓인 그곳

어이 그곳 잊을쏜가

들으소서 들으소서

절규가 되고 마는 이 기막힌 노래로

함께 울고

함께 외쳐

백년 한 천년 원한 한가닥씩 풀으소서

허허 달도 밝다 휘영청 휘영청

이 지상의 한이란 한

원이란 원

다 드러나

이 적막강산 벙어리로 아우성쳐라

허허 달도 밝다

어찌 이내 소리 혼자 이것으로 다 마치랴

안된다

안된다

안되고말고

아무리 고단하고 기진해도 안된다

날아가세

지친 날개 다시 펴서 가세 가세 기러기로 어서 가세

저 김천 영남 제1관문

거기 참극 없으련가

김천 지나

그 아니 왜관 참극 어이하여 잊을쏜가

이에 앞서 낙동강 칠백리

그 긴긴 강 가는 곳마다 피의 강 아닐쏜가

1950년 여름 석달

이 낙동강 칠백리를 무덤 삼은 조선의 자식

그 몇백이뇨 몇천이뇨

한 목숨 태어나서 살아보지 못한 채

총알받이로 몰려와서

총알 받고 죽어갔네

강 건너면 안되느니

강 건너면 대구 부산 다 떨어진다

한사코 강 언덕에 막아서서 물리쳤네

건너오다 떠내려가고

물리치다 쓰러졌네

김 하사

오 일병

권 중사

고 이등병

국군 6사단 청성부대 중대본부 특무상사

아침에 껄껄 웃고

저녁에 죽어 있네

집 떠날 제 어머니가 넣어주신 피 묻은 부적 하나

아흐 아흐 낙동강 영령들이여
상주 영천 울진 포항 남강
형산강 전선 혈투
갈대밭 귀신이여 흉흉한 귀곡성이여
그로부터 반백년 덧없는 풍상 지나간 뒤
아직껏 돌이 되고 흙이 된 원한의 넋들이여
삼가 이 소리 올리오니
이 나라의 자음 모음
기역 니은으로 아야어여 오요우유 으이로
하늘 천으로 따 지로
이끼 언으로 이끼 야로 올리오니
넋들이여
넋들이여
돌멩이여
흙부스러기
명아주 바랭이 풀들이여
며느리밑씻개여 원추리 대궁이여
삼가 올리오니

삼가 지하 삼천척 그 땅속 뜨거움으로 그 어둠으로
외쳐 올리오니
영령이여 영가여 신위 각위여
그만 놓으소서 이제 그 고된 한 미련없이 놓아버리소서

연이나 어이 놓아버리겠느뇨
저 거창 땅 두메산골
일천의 학살 망령과 남은 생령의 한으로
저리 휘영청 달도 밝은데
어이 이 피맺힌 땅 지나치리오
견벽청야 작전이라 손자병법 견벽청야
성벽 치고 벌판 트며 적병이란 적병 개미새끼 한마리도
어림없다고 장담하기를
산골 영감 산골 할멈 어린아이 아기 엄마
법 모르고 사는 백성
팔짱 끼고 섰던 가장
다 데려다 끌고 가서
총으로 쏴 죽이고 창으로 찔러 죽이고

생매장으로 묻고 나서

빨갱이 소탕이라

국군을 반란군으로 위장

그 학살 진상조사단 마구 위협사격으로 쫓아내어

그 이승만 반공주의

박정희 반공주의

그뒤의 여러 정권 눈치코치 눈곱주의로

이날 이때

거창 혼령 한이 맺혀

거창 유족 한이 맺혀

봄이 오면 소쩍새로

가을이면 귀뚜리로 지새우는 달밤이라

이로부터 청사에 새겨 길이 전할

그 참극의 거창사건

그 사건의 영가여 열명(列名) 영가여

이내 정성

오직 한위 한위 이름 불러

한위 한위

이 나라 이 겨레의 제청에 받들어 섬기오니
이 가난한 소리
이 못난 소리
이 어설픈 소리일망정
이 소리의 진정
이 소리의 정성 받아주소서
들으소서
들으소서

달밤이더이다
아직도 달밤이더이다
이 휘영청 밝은 달밤 아직도 남은 일 있으니
어이 저 달인들 쉬이 가시랴
달밤이더이다
달밤이더이다
귀 가다듬어 기울이니
저 무등 지극평등 무등산 기슭
그 무진주에서

어서 오라는 소리

다른 소리 아니오라

달빛 소리 달빛이 곧 소리인가

어서 오라는 소리

달빛이 퍼부어대며 숨차며 벅차며

한층 환히 밝아오며

눈부셔라 눈부셔라

환히 환히 달빛 소리

어서 오너라

에잇 에잇 가오리다 가는 길 어이하여 한눈팔며 노닥이랴

가오리다

무등 아래 과연 빛고을이라

이 빛고을이 어디더뇨

저 1980년 5월 그 피고을 아니더뇨

이 나라 긴긴 독재 끝장내는

그 민주고을 아니더뇨

가슴에 손 회고하건대

저 조광조의 주치주의 치열한 학풍
기대승의 사단칠정 그 유풍을 이어받고
이윽고 기정진의 충의정신 퍼져나가
한말 의병 6할 7할이 일어남이라
아니 송백 같은 그들 선비 아니어도
이 황토 굼벵이인 듯
이 옥토 논배미 우렁이인 듯
백성 천년으로
깨치고 깨친
만백성 민중이 우르르 일어남이라
한편으로 풍류 높아 일과 놀이 함께 하여
어린 시절 고두밥먹기 신짝땡기기
게걸음뛰기 씹주기 오줌누기 깨금쫓기
고리묻기 땅뺏기 낫꽂기 공치기 비석치기
푸럼뛰기 와가리쌈 고누두기 돈치기 엿치기
팽이치기 연띄우기 도롱태굴리기 돼기치기
빽총쏘기 새총놓기 제기차기 어이 빠지랴
놀이라면 끝도 없다가

빠꿈살이 숨바꼭질 공기놀이

가시내들 널뛰기 향단아 춘향아 그네뛰기

기와밟기 강강술래 하늘에는 별도 총총

월색 만천 복순이들 강강술래 밤 지새워

이러다가 다음 날은 논에 밭에 해 지도록 심고 매네

이러다가 나라 위해 낫 들고 죽창 들어

백산에 모여들고 추월산에 은거하네

임진 정유 그 당년에 논개 정인

최경회와 문홍헌 조헌 삼충신이

고경명을 뒤이어 의병 전열 펼쳐가니

경상도 진주성이 위급할 제 거기까지 내달려서

호남도 우리 땅 영남도 우리 땅 그 아니 지킬쏜가

그 전열 내달려서 진주성 사수하다 남강에 몸을 던져 순
국하니

전라도라 무진주 절대평등 무등 아래

주에서 현이 되고 현에서 주가 되고

이러기를 몇번인가 백성 기상 떨쳐나니

임진 정유 왜적 앞에 그 기상이 뜨거워라

오죽하면 충무공이 전라도가 없으면
이 나라도 없느니라 실토하지 않았던가

과연 젊은 장수 김덕령을 보아라
무등산 산중에서 무술을 연마한 뒤
의병장 고경명 곽재우와 더불어서
삼남 일대 그 용맹을 구름 높이 떨쳤구나
어허 애통 모함받아 죽임을 당하였으니
어허 애통 옥방에 남긴 시 한편
춘산에 불이 나니 못다 핀 꽃 다 불붙는다
저 뫼 저 불은 끌 물이나 있거니와
이 몸에 내 없는 불 일어나니 끌 물 없어 하노라
이 무등 이 빛고을 혼
이 겨레 긴긴 군부 끝장내고
새 세상 이루려고 금남로 민주 성지 가득한 민중이라
일백만 광주 시민 몇사람 몇놈 빼면
모두 다 하나 되어 전두환 일당 물리쳐서
정의가 강물이고 자유가 남풍이게

새 나라 새 겨레로 태어나는 민중이라

연이나 살인마들

7공수여단 11공수여단 이자들의 만행 보아라

칠십 노파 뒤통수에 공수부대 철퇴 한방

머리에서 피가 솟아 선지피 분수대라

비명 한번 못 지르고 그대로 고꾸라졌다

두명의 공수부대원 지나가던 임신부 끌고 와

이년아 주머니에 들어 있는 것 내놔라

아무것도 나오지 않자 야 이년아 머스마가 지집아가

한 놈이 다그치자 한 놈이 내가 알려주지

여자 옷을 쭉 찢어 하얀 속살 드러냈다

대검으로 배를 쿡 찔러대서 창자 왕창 쏟아졌다

아랫배를 가르더니 태아를 끄집어내

죽은 엄마 쓰러질 제 에라이 쌍 던져버렸다

세상에 이런 짐승 그 어느 시에 태어났나

여기서도 총소리 저기서도 총포 소리

이 골목 애걸 소리 저 골목에 절규라

이런 학살 이어지다 마침내 전남도청 시민군마저

11공수 탱크부대 M16 총공격으로

시산혈해 이루었으니

저 진압봉은 살인봉이라

한방에 뇌수 쏟고 한방에 심장 터져 시산혈해 이루었으니

하늘 있어 노하라

하늘 노하지 못하면

하늘 가거라

땅 있어

땅 분하지 않으면

땅 꺼져라

하늘과 땅 사람과 온 세상이 다 같이 노하고 분하는

이 광주항쟁 광주대학살

그 가운데서

젊은 아빠 주검 앞에

철모르는 어린 눈동자 빛나는 날

지구 전체가 전두환을 저주하였으나

오직 미국 레이건 늙은 첨지께서는

그런 살인정권 신군부를 두둔하고 진압작전 길 터주니

오호라

오호라

오호라

오호라

하늘에는 헬리콥터 도청 위에 내려앉는다

총소리는 멈출 줄 몰라

총소리는 멈출 줄 몰라

이 골목 아주머니들 주먹밥 나눠주고

마실 물 나눠주더니

그들조차 막대 들고 지팡이 들고

이래도 죽고 저래도 죽으니 싸우다 죽겠다고

모두 다 거리로 나갔다가

탕! 타앙! 풀썩풀썩 쓰러져갔다

윤상원도 머리띠 맨 채 쓰러졌다

병원마다 신음이라

산지옥이 바로 여기 이 광주 땅이

지옥 아니고 무엇이냐

구두닦이 여관 때밀이 막일꾼 담양 엿장수도

대학생도 여고생도 시장 아낙 짐꾼 영감
겁에 질려 도망간 자 명망가들이 몇이건만
밑바닥 백성 민중들이 시민군을 이루었네
오호라
오호라
광주학살 광주항쟁으로
이 나라는 세계의 민주 자유 자주 과시
만천하에 선포했나니
이 학살 만행
이 희생
헛되지 않음이로다
이 피로
이 주검으로
이 절망으로
내 조국 민주주의 붉게 붉게 꽃 피어나니
이 나라 청사에 아로새길 명예일진대
반드시 광주의 피로부터 시작함이라
달도 밤도

휘영청
광주항쟁 영령이여 영가여 신위여
고려만년 살고 지고
부활하소서
환생하소서
재생하여 다시 한번 무등천년 살고 지고
고려만년 살고 지고
이 소리 조촐하니
이 소리 진정이니
들으소서
들으소서

아직 살아 있는 학살도당 평생 지옥 팔한팔열지옥
만행도당 내생도 내내생도 피지옥 거기 처하라
이로부터 영가시여 열사 각위시여
광주항쟁 민주역사 이 정신을 주재하소서
이 소리 들으소서
이 소리 들어

이 나라 식민 잔재
이 나라 매국 실세
이들의 정신 깨어주소서
이들의 행악 고치소서

산산이 부서진 이름이여!
허공중에 헤어진 이름이여!
불러도 주인 없는 이름이여!
부르다가 내가 죽을 이름이여!

오호라 광주 넋
오호라 무등 얼 길이길이 영산강 극락강으로 흐를지어다
저 대흑산도 소흑산도 청정수 파도칠지어다
서해바다 전체
남해바다 전체
동해바다 난바다 대화퇴 전체
독도 동도 서도 에워싼
내 조국 전체

이 신성한 유역 일대에 떠도는 넋들이여 영가여 신위 각
위여
이름들이여
저 상고시대 백제 망령 고구려 망령이여
저 발해 멸망 망령들이여
저 고려 몽고 병란에 짓밟힌
기십만기천의 백성 망령이여 무주고혼들이시여
저 최영 장군 막하 병사여
저 가렴주구 굶어 죽은 백성들이여
길가에 널브러져 썩어간 백성들이여
넋들이여
두만강 넘어
독립군 영령들이여
소위 대동아전쟁 조선인 병사여 징용자들이여
오끼나와 정신대 그 넋들이여
여기 불쌍하다는 말 사절하노니
여기 원통하다는 말 사절하노니
그들

넋들이여
넋들이여
예의 넋들 푸른 넋들
제의 넋들 붉은 넋들
산의 넋들
물의 넋들
물속의 어린 넋들
임의 넋들이여
임의 넋 우리 모두 등에 지고
가슴에 품고
원한으로 차 있는 내 겨레의 땅 내 조국의 어둠과 빛 속
으로 나아갈지어니

나 돌아가지 않으리라
나 하늘로
나 도솔천
나 용궁 심청
나 천제의 하늘

나 환인의 하늘
그곳으로 돌아가지 않으리라

나 소월의 초혼 신 내려
이 고려강토
이 고려산천 도처마다 떠돌며
신방울 울려
신북 치며
신피리 불며
내 비록 맺힌 소리나마
이 소리로 소리제사 소리공양 내내 올리며
이 땅의 반만년 원혼 혼령 위무하며
살아가고저

오소라 오소라 와서 들으소서 이 녹슨 소리 갈필갈성 새
된 소리
저녁 해 기우는
이 소리 들으소서

일년 열두달의 바람 소리여 물소리여 새소리여 벌레 소
리여

그 아니 소리굿판이런가

그 아니 소리굿판이런가

여기 이 자리 소리판 정성 다하니

바야흐로 늦은 밤 월색이 늦게나마 응감하여

옛 월명 오늘 소월 화신으로

이 지상에 내려와

이 지상 무진세계 화신으로

피 토하는 득음공부 소리공부 다 바쳐

삼가 올리오니

천만 원한 이제 고를 풀어

팔만 고 풀고

팔만 구천 매듭 풀어

그 원결 풀고

그 얽히고설킨 한 풀어

여기 만장 해원에 이른다면

그 얼마나 환희작약 그 아니 홍복이랴

어허 여기 고와 고 모조리 풀리도다
어허 저기 매듭매듭 풀려가도다 다 풀리도다
어허 텅텅 빈 허공 우주
휘영청 달도 밝다 달도 밝다 구만리장천 하늘길
어이 이리 탁 트였나
어허 이 사바세계 아 동방 고려반도
억세고 억센 원한 산이 되고 물이 되더니
이제부터 다 풀려서 신천지 태평 형통
하얀 숨결 드나들고 푸른 피 도는구나
피가 돌아 이내 몸에 피가 돌아
내 강토
내 누리 새로 일어나 달빛 가득하도다
어허 휘영청!
달빛이더이다
달빛이더이다

불멸의 시인

조재룡

　『초혼』이 고은의 몇번째 시집인지 곰곰이 헤아려보다 이
내 멈춘다. 그간 내가 읽었던, 지금까지 읽어온 고은이 여럿
이었다면, 시인에게 이 시대와 역사, 이 삶과 저 세계는 사
실 헤아리는 일조차 무색할 또다른 '여럿'이었을 것이다.
여전히 사방은, 이 세계는 컴컴하다. 계속되는 이 밤, 저 어
두운 시간들, 아무것도 볼 수 없고 아무것도 보이지 않는
나날들을 시인은 숱한 장소에서, 무수한 타인들 속에서, 순
간과 순간을 덧대면서 살아나고 되살아나는 마주침들 속에
서, 지금―여기 삶의 지평선 위에서 사유하고, 그렇게 '시'
라는 미지의 광장 위에 오롯이 세우려 했을 것이다. 오래
전부터, 빛과 어둠을 모두 삼킨 곳에 우두커니 서서 바라
본 여기는, 그에게는 아주 먼 곳이었거나 자주 지척 간이었
을 것이다. 우리는 그의 시가 저항의 비판적 언술이자 실존

의 고통스러운 발화이며, 세계를 향한, 우리의 내부에서 움터나온 외침이자, 역사의 곳곳을 돌아 여기로 무언가를 이끌어낸 문자의 현실적 마디와 마디, 그 마디와 마디에 얽힌 부침(浮沈)의 흔적이자 표상이었다고 말할 수 있겠다. 그러나 이 말에는 무언가 누락되어 있다. 그는 항상 개별자로, 특수한 개인의 자격으로 지금-여기에 존재해야 한다고, 세계를 대면하고 삶을 영위해야 한다고 노래해왔기 때문이다. 그의 새 시집을 읽으며, 내가 보탤 수 있는 말이 있다면, 그것은 바로 시인의 이와 같은 면모일 수 있겠다.

다시 그의 시집을, 그의 시를 생각한다. 시는 그에게 이밤과 저 밤을 횡단하며 불빛을 드리우는 어떤 '시도'라고 말해도 좋겠다. 지금 사방으로 시의 빛이 퍼져나가고 고유한 목소리가 낭랑하게 울려퍼진다. 또한 그의 시는 꺼질 줄모르는 사유와 말의 횃불을 들어올려 시대의 구석과 구석을 밝히고, 한걸음 나아가 인간 문명과 역사의 저 어두운 골짜기를 비추려는 '의지'라고 불러도 좋겠다. 이 '시도'와 '의지'로, 그는 지워질 수 있었을 이름을 호명하고, 개인의 가치를 역사의 장부에 묵묵히 기록하면서, 민(民)과 민(民)을 잇는 말들과 그들의 이야기를 노래처럼, 매끄러운 입말과 특수한 리듬의 산물로 우리에게 들려주었다. 이 노래에 감각과 상상이 결여된 것은 아니었다. 그의 시는 자주 빼어난 절창이나 힘찬 가락처럼 다가왔고, 간혹 주술과도 같은 면모를 지녀 광(狂)의 술사(述事)가 보내오는 미지의 전언과도 닮았다고 해야 하기 때문이다. 시인은 무수한 사건과 숱한 시간들, 다양한 장소를 사그라지지 않는 메아리처럼 백지 위로 끌어내었지만, 그의 시가 역사를 움켜쥐는 방식은 개인을 포기하지 않으면서 모색되는 시의, 저 노래의 새로운 길이기도 하였다.

인류 각위 그대들이 끝내 지켜야 할 것
아래와 같다

내 발가락부터
내 손가락부터 이미 특수성일 것

내 별 볼일 없는 얼굴로 하여금
그 누구의 보편성 아닐 것

태풍 뒤 무지개이거나
태풍 뒤 무지개 없거나
오늘이
내일의 보편성 아닐 것

———「유언에 대하여」 전문

고은에게 개인은 포기되기는커녕 개별자로 시에 부름을
받아, 공동체의 가치를 모색하는 데 일각의 힘을 보태고 마
는 개인, 개별화된 보편적 개인, 차라리 미지에 일말의 숨
을 불어넣고자 하는 지금−여기 한줌의 에너지였다. 특정
계급이나 계층을 대변하는 관습이나 사변의 발로가 아니라
한줌의 말, 한줌의 에너지, 한줌의 의지, 한줌의 시도, 한줌
의 노래였다. 미지의 공동체를 그려볼 개별자의 호흡을 그
러모으는 일로 그는 당당한 시민의 실현 가능성을 열려 했
던 것은 아닐까. 고은은 개별자의 삶이 하나하나 모여 형성
될 미지의 공동체와 그 역사성에 내기를 걸 줄 아는 모험의
시인이었다. 우리는 개인성과 독특성을 갈구한 흔적들과
개별적 발화의 고유성에 보낸 전폭적인 신뢰의 자취를 그
의 시에서 목도하고 또 찾아 읽어왔는지도 모른다. 그는 항
상 사회적·역사적·문화적 약자를 생각하였고, 민족에 대한
사랑과 뜨거운 우애를 시의 좌표로 삼아 민중에게 바쳐진
각별하고 단단한 시적 문법을 고구하였다는 평가를 받아왔
다. 하지만 그에게 시는 무엇보다도 우선 진정한 개인성의
회복을 통과하면서 찾아나서는 전 미래적인 공간과 시간
의 실현이었지, 추상적 집단이나 관념적 보편의 맹목적 희
구나 과도한 갈망에서 빚어진 발화의 결과는 아니었다. 고
은은 항상 당당하고 특수한 개인의 가치를 제 시에서 포기
한 적이 없다. 특수성에 대한 바람이 그에게는 이렇게 시적

유언이 된다. 이 시적 유언은 자기 문체의 확보를 당부하는 자가 쏟아낸 '자기-지시적' 고백이며, 미지의 암흑 속으로 제 혼과 몸을 투신하며 내려놓은 개인적 다짐이자 공동체적 당부이기도 하다.

중요한 것은, 고은에게는 특수성이 항상 개인적이면서 공동체적인 성격을 지닌다는 점이다. 그의 시는 집단이 아니라 개별자의 창작적 시도, 예컨대 규범을 거부하고 자기 파멸의 순간까지 밀어붙일 때 비로소 성취를 바라보게 되는 고유한 목소리가 하나둘 모여 한 시대의 공동체적 가치를 만들어내는 데 일조한다는 사실을 오히려 주목하게 만든다. 개별성과 특수성의 시적 성취는 긍정-부정의 경계를 전복하는 일과도 관련이 있다.

나는 8·15였다

나는 6·25였다

나는 4·19 가야산중이었다

나는 곧 5·16이었다

그뒤

나는 5·18이었다

나는 6·15였다

그뒤

나는 무엇이었다 무엇이었다 무엇이 아니었다

이제 나는 도로 0이다 피투성이 0의 앞과 0의 뒤 사이
여기

―「자화상에 대하여」 전문

  비교적 간단한 시 같지만 사정은 전혀 그렇지 않다. 그의
시 대부분이 그렇지만, 문장과 문장 사이에 무언가 꽉 들어
차 있다는 사실을 놓치면 우리는 그저 시의 표피만을 움켜
쥐거나 '깨달음'과 같은 빤한 주제를 추출해낼 뿐이다. "나
는 무엇이었다 무엇이었다 무엇이 아니었다"라고 그는 썼
다. 하나의 명제가 있고, 이 명제를 두차례 긍정했다. 그러
자 어떤 일이 발생하는가? 두번의 긍정은 당연히 부정을 낳
는다. 그러나 고은에게 이 부정은 이미 무엇이 된 상태 이
후에 다시 그 상태를 벗어나고 있다는 의미로 읽을 때에만
가치를 지닌다. 설명이 필요한 것 같다. "나는 무엇이었다."
그러니까 "나"는 어떤 존재였으며, 어떤 사건들, 시에서 간
략하게 숫자로 표기되어 추정이 가능해진 저 다양한 사건
들에 결부되었던 역사적·개인적 자아가 바로 "나"였다고
그는 말한다. 그리고 시간이 흘렀을 것이다. 역사가 내게 부
여했던(내가 갖고 있던) 위상과 가치는 그 과정에서 어떻
게 변했는가? "나"는 그뒤로 서서히 사라졌다. "나"의 고유

성도 어느덧 지워져버렸다. 시간이, 세월이 지나자 역사적 사건만이 홀로 숫자나 기호처럼 남겨졌다. 시인은 이 사실을 "무엇이었다"(앞의 문장 "나는 무엇이었다"에서 "나는"을 뺀)라는 말로 담담하고 간략하게, 반복을 통해, 매우 적확하게 기록한다. 압축적인 명기는 늘 그래 왔듯, 고은의 시에서 번잡함을 제거해낸다. 내가 "무엇"이었던 저 유의미한 사태는 더 지속되지 않는다. 내가 '되었다'고 말한 "무엇"이 집단적 관성에 매몰되어 "나"를 차츰 지워냈다고 생각했기 때문일까? 간략하게 "무엇이었다"로 적어놓았지만, 여기서 우리는 "나"의 자리가 지워졌다는 것이 곧 "나"의 특수성이 상실되었다는 말과도 같다는 사실을 알게 된다. 그래서 애초의 "나는 무엇이었다"의 "무엇"은 더이상 '아닌' 것이 되고 만다.

시인은 "무엇이 아니었다"라는 문장으로 이와 같은 사실을 암시해놓았을 뿐인 것 같지만, 사실 이 문장에는 벌써 '무엇이어서는 안된다'는 식의 모종의 결기가 배어 있다. 그는 이렇게 자신을 향한 비판적 함의마저 시적 발화의 잠재적 영역 안으로 끌어들인다. "무엇이었다"는 사태에서 빠져나와 다시 특수하고 개별적인 가치를 향해 이행을 서두른다는 뜻도 이 마지막 문장 안에 포괄적으로 담겨 있는 것이다. 고은의 작품은 대부분 이와 같은 압축성과 포괄성, 암시성과 단순성을 생명으로 삼는다. 단문이 그만의 미덕이 되고, 문장과 문장의 절묘한 배치가 특수한 시적 공간을 형성해내는 이유가 바로 여기에 있다. 우리는 이 시적 공간을 묵언(默言)과 무언(無言)의 공간이라 부를 수 있을 것이다. 중요한 것은, 그에게 역사적 사건과 밀접히 결부되었던 개인은 탈역사화하는 순간 새로운 출발을 기약하고, 또다시 기약을 해야 하는 입자가 되어야 한다고 사유한다는 데 있다. 그사이, 무엇이었고 무엇이 아니게 된 그동안, 곳곳에는 피가 고여 있다. "피투성이"는 긍정−부정 중 어느 한편에 붙들려 있는 것이 아니다. 이 "0"의 자리는 매번 다시 시작하는 미지의 자리, 역사를 머금고, 역사를 비판하면서, 결국 역사의 이행을 꿈꾸는 기투의 자리이기 때문이다. 이러한 과정을 되비추는 일을 그는 "자화상"이라고 부른다. 그가 과거−현재−미래라는 거울에 비춘 자기 얼굴을 시를 통해 마주하는 순간은 그 거울에 우리 자신을 비추는 순간이기도 하다. "피투성이"가 된 한 사람의 얼굴을 볼 뿐이라고 그는 말하지만, 시를 읽는 우리는 그가 세워놓은 이 재개(再開)의 거울 앞에서 오히려 현대성의 징후를 발견한다. "피투성이 0의 앞과 0의 뒤 사이 여기"에 서서 그는 지독한 현실−역사주의자의 자격으로 현실−역사에 굳건히 발을 붙인 채, 미래와 과거를 이 현재−역사 속에 결집시키고, 그와 같은 일을 늘 다시 착수해야 하는 운동의 실천에 자신이 있을 곳과 시가 생존해나갈 장소, 시의 고유하고 특수한 자리를 마련해놓는 것이다.

　　이제 종이에 쓰지 않고 공중에서 씁니다
　　쓰고 지우고
　　쓰고 지웁니다

　　지워버린 시가 시입니다
　　그런가요? 가버린 시가 시인가요? 아직 오지 않은 시
　　가 시인가요?

　　　　　　　　　　　　　　　　　　　　　　　—「두레 주막에서」부분

　　시에는
　　새것 말고
　　진부한 것
　　함께 있어야 한다

　　　　　　　　　　　　　　　　　　　　　　　—「원숭이 앞에서」부분

　　고은에게 시의 재개는 곧 세계의 재개이자 역사의 재개
이며, 삶의 재개이자 개인의 재개를 의미한다. 시는 "새것"
과 "진부한 것"의 충돌로 모색에 나선 세계의, 역사의, 삶
의, 개인의 재개이다. 그것은 또한 '쓰다'의 재개이기도 하
다. 부동하는 것과 미끄러지는 것이 시에 공존해야 한다고,

시인은 "쓰고 지우고/쓰고 지"우는 행위를 통해서만 시가 바로 설 수 있다고 그는 말한다. "새것"과 "진부한 것" 사이의 충돌과 "쓰고 지우고/쓰고 지"우는 저 반복적 행위는, 다시 말하겠지만, 시제의 선명한 구분이나 주체의 작위적 변별에 대한 비판과도 고스란히 맞물려 있다. "진부한 것"은 역사적 사실이며, 역사를 간직하기 위해 "진부한 것"은 필연적이다. "새것"은 미지의 무엇이며, 당도하지 않은 미지의 자락을 붙잡으려면 "새것" 역시 필연적이다. 그러나 고은에게 이 양자는 별개로 존속하거나 구동되지 않는다. "가버린 시"와 "오지 않은 시" 사이 어디쯤에서 그는 끊임없이 "쓰고 지우고/쓰고 지"우기를 반복하며, 이 양자의 교섭 속에서 시적 운동성을 쟁취하려 하기 때문이다. 이렇게 되면, 현재 시를 쓰고 있는 저 실천 속에 미래의 시와 과거의 시가 나란히 공존하는 것이 아니라 서로 융합되고 만다. "진부한 것"은 "새것"을 위해 필요한 부정의 한 항(項)이 아니라, 현재의 시가 "쓰고 지우고/쓰고 지"우며, 그렇게 흔들리고 반복되는 운동 속에서 다시 맞이하게 되는 시의 원천과도 가깝다. 고은에게 과거―역사는 매몰되지 않으며, 미래―미지는 허공을 떠도는 추상적 대상으로 남겨지지 않는다. 이러한 시도는 마찬가지로, 자아가 시를 쓰고 시적 언어를 부리는 것이 아니라 역사와 타자가 '나'를 통해 쓰기를 실천한다는 사유와도 연관되어 나타난다. '나'라는 자아는 역사와 삶을 자동사적으로 기술하는 주체일 뿐이라고 그는 말하고 있는 것이다. 그에게 시가 개별자가 부르는 공동체의 노래일 수밖에 없는 까닭이 여기에 있다. 이 시라는 노래는 이렇게 현재의 쉼 없는 운동이 과거와 미래를 끌고 가는 일종의 변증법적 실천이다.

한낱 입자도 파동일진대
나의 명사는
동사의 쓰레기
나는 그리운 동사에게 가야 한다

나는 파동

나의 자동사는
먼 타동사의 쓰레기
나는 그리운 그리운
선사(先史) 타동사로 가야 한다

오늘밤 미래가 미래뿐이라면 그것을 거부한다
나는 입자이자 파동

—「내 조상」 전문

'자아'는 세상에 활력을 불어넣는 운동에 의해 고정된 명명을 벗어난다. '자아'는 '동사'의 파생물일 뿐이다. 고은에게 고독한 단독-자, 개별적인 단일-자는 있을 수 없다. '나'는 오로지 운동의 형태로 존속하는, 운동의 형식 속에서 구동되는 이 세계와 저 우주의 일부이자 전부로 존재할 뿐이다. 이렇게 내가 글을 쓰는 것이 아니다. 자아가 발화를 하고, 세계에 무슨 터득의 길 하나를 트는 것이 아니다. 아주 오래전, 까마득한 불가지(不可知)의 한 점의 탄생과 함께 존재해왔던 미지의 힘, 그가 "선사(先史)"라고 부른 아마득한 시기에 이미 착수된 저 미지의 힘이 글을 쓰게 하고, 시에 구술의 과업을 부여하며 특수한 개성의 옷을 입혀준다. 이 힘은 물론 선조적(線條的)인 시간 속에서 태어나고 소멸하지 않는다. 시의 힘은 미래에 눈이 먼 단일한 시제에 자신을 의탁하는 것이 아니라, 현실의 '나'를 부수고 "그리운 동사"가 되어 사방으로 퍼져나가는 물결과도 같다. 그는 과거나 역사를 등지고는 한걸음도 전진할 수 없다고 말한다. "오늘밤 미래가 미래뿐이라면 그것을 거부한다"는 구절은 지금-여기 흔들리고 유동하는 현실의 입자와 같은 시적 운동이 과거를 비워내고는 조금도 앞으로 나아갈 수 없다는 점을 말해준다. 역사와 무관하게 어느 한곳으로 지향성을 설정하고 전진을 꾀하는 것은 시인에게 거짓 진보이자 사이비 이데올로그들의 선동에 가깝다. 따라서 "파동"

은 파동(波動)이자 파동(破動)이기도 하다. 현실에서 입자를 물결처럼 확장해내며 그 입자에 깊이를 더해놓는 힘과 현실의 무늬들을 다시 쓰고 다시 그려넣으며 입자 자체를 부수는 힘, 이 양자를 그는 하나의 시적 운동이라고 여기는 것이다. 바로 이 힘으로 지금—여기에서 완성형으로 제시될 수 없는 미지를 향해 나아가는 동시에 현실의 자리에서 깊이를 고안해야 한다고 시인은 말한다. "나"라는 "입자"가 "자동사"가 되고 "파동"이 되는 것은 바로 이 운동을 통해서이다. 고은은 이렇게 스스로 움직이지 않고 무언가에 의해(의지해) 나아가게 되는 힘도 염두에 둔다. "타동사"인 까닭은 그러니 무엇인가? '나'를 움직이게 하는 것은 바로 타자의 힘이자 미지의 힘, 역사가 사건으로 축적되기 이전에 이미 존재해온 힘이며, 그것은 앞으로 나아가는 일방적인 운동이 아니라 역사를 현실의 운동으로 전환하게 지탱해주는 힘은 아닌가. "선사(先史)"와 "타동사"는 이렇게 연결어를 필요로 하지 않는다. 과거가 다시 미지로 생성되는 미래, 선사부터 시작된 미래이기 때문이다. "선사(先史)"와 "타동사"는 서로 수식관계에 놓이지도 않는다. 하나가 다른 하나의 보어인 것도 아니다. 이와 같은 등치의 문법은 고은 시에서 발현되는 독특하고도 중요한 지점 중의 하나이다. 여기서 특이한 사유의 싹이 움트기 시작하고, 편재하는 운동의 에너지가 발현되기 때문이다.

거기

누구 있어야
거기

거기

누구 대신
천년 전부터 누구의 자취 있어야
거기

여기
천년 뒤의 거기

———「거기」 전문

　매우 정갈한 단문이나 툭툭 던지듯 발화하는 화법은 말
할 것도 없고, 종결어미의 다양하고도 고유한 특성(감탄,
명령, 정언, 지시, 의지, 감정 등의 변주)이나 문화적 고유
성(어휘나 구문의 구어성)을 잘 살려 고은은 그간 '선시(禪
詩)'의 경제성을 바탕으로 시의 활로를 개척한 바 있다. "언
어는 이미 언어의 죄악인 것"(「지유에 대하어」)이라고 말한

것은 이와 같은 경제성을 염두에 둔 것일까? 그러나 이는 '선시' 자체에 대한 지지라기보다, 언어의 한계가 바로 시의 특수성과 연관된다는 사실을 말하고 있는 것으로 보인다. 그는 "언어의 죄악"이기를 방지하는 언어로 시를 쓰려 하는 것은 아닐까? 장시에서조차 목격되는 시적 간결성은 따라서 생략의 결과나 우연의 소산이라고 보기는 어렵다. 그의 시가 자주 취하는 간결성과 경제성은 여운을 남겨 암시의 공간을 여는 역할에 머무는 것은 아니며, 침묵이나 여백에 하중을 부여하여 갑작스레 깨달음을 고지하는 근거라고 보기도 어렵다. 간결성은 고은에게는 시적 언어의 특수한 발현이라고 말하는 편이 옳다. 그는 언어의 한계를 극복하려 시도하는 것이 아니라, 언어가 항상 그 자체로 불충분하다는 사실에서 시의 특수성을 개척하고자 하는 것이다. 가령 "누구 있어야"와 같은 표현은 그 자체로 마무리되는 것이 아니라 발화하는 순간 무언가를 추정하게 추동한다. 그렇다고 해서, 생략된 표현들을 비워진 것 같은 공간에다가 마음대로 그려넣을 수는 없다. "누구 있어야"의 말미에 '~한다'라는 강제형이나 '~했으니'라는 가정의 표현을 덧붙여 미진한 이해를 벌충할 일시적 방편으로 삼으면 곤란하다는 말이며, 이 구절을 물음 형식을 띤 구어식 표현의 일종이라 할 '있나요?'나 단정적인 기능의 구두점을 첨가한 '있어요!'로 해석하여 고유한 토속어의 활용이라 결론

지을 수도 없다. 이렇게 무언가가 생략되었다고 생각하여 빈칸을 채워넣거나 토속적 표현이라고 여겨 미루어 짐작하다 보면 해석의 욕망과 과잉으로 인해 고은 시의 미덕은 곧 사라지고 만다.

오히려 그의 문장은 모든 표현과 가능한 말들이 모두, 그리고 동시에 당도할 가능성을 머금고 있다. 고은 시 특유의 경제성과 간결성, 효율성과 잠재성은 바로 여기서 특수성과 하나가 된다. 실로 매우 사소해 보이는 기술적 특성과 문장의 배치가 고은 시에 고유한 가치를 부여한다고 해야 할 것이다. 그는 암시적 발화와 명시적 발화의 자명한 경계를 지워내면서, 읽고 또 읽을 때 비로소 살아나는 특수한 리듬을 통해 "천년 전"과 "천년 뒤", "선사(先史)"와 "미래"를 독창적인 방식으로 하나로 끌어모으고 재편하면서 결과적으로 시간의 중첩을 통한 연속성의 세계를 개척해낸다. 이 시간은 물론 선조적인 시간과 다르며, 이 시간의 연속성을 추구하는 과정에서 그의 시는 결국 '있음'의 당위성과 '있음'의 단일성에 제동을 건다. 왜 그럴까? 그의 시에서는 무한한 낱말들과 표현이 살아 숨 쉬는 가능성의 공백이 만들어지기 때문이다. 이렇게 무장소의 장소와 무시간의 시간, 무화자의 화자와 무가치의 가치를 담보한 무문법의 특수한 노래가 특수성이라는 이름으로 완성을 넘본다. 그는 좀처럼 에둘러 가는 법이 없다.

단도직입
파도처럼
시간 없이 살고 싶어라
새소리처럼
아직 태어나지 않은 소리처럼
공간 없이 살고 싶어라
비유처럼
비유 없이 살고 싶어라

죽고 싶어라
죽어서
죽어서
죽고 죽어서
바람으로 태어나고 싶어라
내일의 바람이
오늘의 나를 모자란 비유로 삼으리라

—「소원」 전문

　　"비유가 아니시기를/비유가 싸가지없는 사기로 되는/
서글픈 밤들이 아니시기를"(「손님」) 바라는 마음에서 비롯
된 저 특수한 발화가 그의 시에서 삶과 죽음을 하나로 관통

할 에너지를 생성해낸다. 이렇게 그는 자아와 타아가 공집합을 이루며 형성되는 세계로 우리를 이끈다. "새것"과 "진부한 것"이 충돌하고 교합하는 세계에서 타진되는 그의 시는 항상 "첫걸음"이자 "마감"(「첫걸음」)인 삶의 이면이자 배면이며 정면인 장소들을 아우르고, 선조적인 시간과 다른 방식으로 "가버린 시"와 "오지 않은 시"(「두레 주막에서」)를 체현하려 발길을 서두른다. 그를 따라 우리는 "가도 가도/본디 그곳 아닌" 곳과 "와도 와도/본디 그곳 아닌"(「시 옆에서」) 곳에 당도하여, 역사의 파편들과 삶의 얼룩이 "다른 곳을 모르는 곳"과 "다른 곳이 모르는 곳"(「두만강 어귀에서」)에서 재개되는 순간을 맞이한다. 이렇게 "선사(先史)"는 그의 시에서 역사와 사회 속에서 한번 실현된 것들을 끝내 완성을 유보하고 끊임없이 사유의 반열 위로 되돌려 보내고야 마는 전 미래의 현실적 경험이며, 이와 같은 환원 작용을 가능하게 하는 하나의 시적 시제이다.

어느날
어느 곳
어느 넋이 와 말하더라
                              ―「하늘 높이 오르는 노래들」 부분

고은은 특정한 날을 노래하지 않는다. "어느날"이다. 이

"어느날"은 물론 모든 시제를 포괄하는 특수한 날이다. 까마득한 과거가, 지금의 현재가, 그리고 아직 오지 않은 내일이 그에게는 모두 시 쓰는 날이다. 그는 특정한 곳을 노래하거나, 특정한 곳에서 노래하지 않는다. "어느 곳"이 시 쓰는 장소이며, 곧 시의 대상이다. 장소의 무장소성은 그의 시에서 추상적이라기보다 특수하다. 그가 역사 속에서, 역사와 함께, 이미 숱한 사람들의 이름을 시에 호출했던 시인이라는 사실을 기억해야 한다. 그의 시가 착수되고 안착할 곳은 안과 밖의 구분이 없는 "어느 곳"이다. 이 "어느 곳" 역시 여기인 동시에 저기, 저기인 동시에 여기인 특수한 곳이며 편재하는 곳이다. 그의 시에서 인명과 장소와 풍경은 무한의 특수한 인명과 특수한 장소와 특수한 풍경이다. 고은 시에서는 특수한 말들이 행성처럼 한가득 하늘을 뒤덮고 있다. 특수한 말이 편재하는 만큼 특수한 날과 특수한 곳과 특수한 넋이 편재한다. 이 편재성이 말에 대한 요청을 불러내고 시인에게 노래라는 시를 쓰게 한다. 그의 시는 특정한 화자의 발화에 오롯이 목소리를 일임하지 않는다. "어느 넋이 와 말"을 한다고 그는 썼다. 자아가 아니다. 사건이 아니다. '나'와 역사와 사회와 사건이 특수한 발화의 원천이다. 그것은 역사 속의 특수한 개인이 바로 시적 주체라는 것을 의미하며, 여기서 개인은 고립된 개인이 아니라 역사와 사회의 개인, 공동체적이고 무한한 개인이자, 시인에게 시의 노래의 입을 달아주는 특수한 개인, 미지의 개인이면서 편재하는 개인인 것이다. 바로 이러한 목소리, 개인적이고 공동체적인 목소리로 그는 어제—오늘—내일의 문을 부지런히 열고 또 닫으며 "미래여 옛날이여 여기 오라"(「나의 행복」)고 말할 수 있는 것이며, 삶과 죽음, 여기와 저기, 자아와 타자의 구분을 넘어선 곳에서 미지의 행복을 추구해나가야 한다고 믿는다.

그에게 행복은 물론 불행의 반대말이 아니다. 그렇기에 "행복이란 고단한 삶과 죽음 말고/다른 곳에 없다는 것/정작 행복의 찰나는 모른다"(「행복이여 호젓하여라」)고 말할 수 있는 것이다. 고은 시에서 단문의 미학은 깨달음과는 별반 상관이 없으며, 암시와 밀접하게 연관되는 것도 아니다. 간략한 형식은 그에게 특수성을 실현하고, 개별성을 성취하며, 역사성을 그러쥐고자 개척한, 과거를 끌어안고서 미지의 상태에 도달할 가장 적합하고 고유한 시적 방식일 뿐이다. 노래로서 시가 갖는 어떤 힘에 대한 각성, 이 자동사적 힘이 한 구절 한 구절 모여 '시'라는 미지를 실현한다.

역사는 그칠 줄 모르는 폭력의 난무에 눈감았습니다
아니
역사는 자주 폭력의 실체였습니다
나의 피리 소리는

끝내 저주받았습니다
나의 노래는 끝내 추락하는 축복이었습니다
그러나 '그러나'는 기어이 불멸입니다.
                              —「'그러나'의 노래」 부분

아직도 노래할 것을
노래하지 않았다
이것을 두고
저것을 노래하였다
저것을 두고
이것을 노래하였다
                              —「2016년 이른 봄」 부분

  현재의 지평에서 역사와 세계를 끌어안고자 하는 그의 시도는 오로지 단단하고 간략한 노래의 형식의 "미지의 파도 소리"(「'그러나'의 노래」)로 실현 가능성을 타진해나갈 것이다. 단단함과 간략함은 그에게는 저항과 부정의 고유한 형식이기도 하다. 이는 재개의 형식이기도 하다. 저항은 불멸을 노정할 수밖에 없다. 그의 노래는 "저주받았"으며, 그는 "추락하는 축복"의 주인공이었다. "그러나"에는 이 사실에 대한 저항과 부정, 극복과 재개의 정신이 서려 있다. 그는 이렇게 "그러나"로 시에 불멸을 새겨넣는다. 저항의 대상은 하나가 아니며, 부정의 방식과 언어, 극복의 시간과 재개의 장소 역시 단일하지 않다. 무언가 고일 지경에 이르면 다시 흘러 다른 곳으로 향하고, 매번 저항과 부정의 보폭을 떼는 그의 걸음에는 벌써 고일 지경에 이른 것들의 흔적도 함께 묻어 있다. 이러한 이행은, 시인이 어디에선가 말한 바 있는, '절로 노래하고 절로 춤추는'(自歌自舞) 불멸의 시학의 완성과도 연관된다. "삶이 시이고/시가 삶이던 것"(「시 옆에서」)이었다고, 그렇게 지금까지 "쉬지 않는 핏줄로 피로 노래"(「노래하노니」)해왔다는 그의 고백은 2016년 이른 봄, "아직도 노래할 것을/노래하지 않았다"며 내려놓은 또 다른 고백과 나란히 우리 곁에서 여전히 울려퍼지고 있다.

趙在龍 | 문학평론가

이것은 『무제 시편』 이후
내 마음의 소요(騷擾) 가운데에서 생겨났다.

지난날로 충분하다는 감회는 어이없다.
이백여년 전의 사나이가 시시한 듯이
노래한 적이 있다.
발로 글을 쓴다고.
그래서인가 나도 가끔은 들판, 가끔은 종이 위를
돌아다니고는 했다.
내 손도 이제 허랑한 구름인지도 모르겠다.

나를 시에서 떼어놓지 못하는 나와
시에서 떠난 지 오래여서 시가 무엇인지 모르는
내가 어쩌다가 만나는 날에
이 세상의 무사분주(無事奔走)를 놓을 것이다.

다음을 기약하지 않는다. 그토록 숨찰 것도 없지 않은가.

2016년 가을날 광교산 밑에서

고은